ah! o amor...

Judith Brito

ah! o amor...
Experiências cotidianas da vida a dois

PubliFolha

© 2006 Publifolha – Divisão de Publicações da Empresa Folha da Manhã S.A.

Todos os direitos reservados. Nenhuma parte desta publicação pode ser reproduzida, arquivada ou transmitida de nenhuma forma ou por nenhum meio sem a permissão expressa e por escrito da Publifolha – Divisão de Publicações da Empresa Folha da Manhã S.A.

Coordenação do projeto: PUBLIFOLHA
Assistência editorial: Julia Duarte e Rodrigo Villela
Produção gráfica: Soraia Pauli Scarpa

Edição: Eliana Sá
Assistência editorial: Eveline Teixeira
Preparação de texto: Isabel Jorge Cury
Revisão: Valquiria Della Pozza

Capa, projeto gráfico e diagramação: estação
Ilustração: Marise De Chirico

Dados Internacionais de Catalogação na Publicação (CIP)
(Câmara Brasileira do Livro, SP, Brasil)

Brito, Judith
  Ah! o amor -- : experiências cotidianas da vida
a dois / Judith Brito. -- São Paulo :Publifolha, 2006.

  ISBN 85-7402-725-1
  1. Crônicas brasileiras I. Título.

06-1090   CDD-869.93

Índices para catálogo sistemático:
1. Crônicas : Literatura brasileira   869.93

PUBLIFOLHA

Divisão de Publicações do Grupo Folha

Al. Barão de Limeira, 401, 6º andar
São Paulo, SP, CEP 01202-001
Tel.: (11) 3224-2186/2187/2197
www.publifolha.com.br

para o Lima, com amor

11 Bodas
12 Ah! A paixão...
18 Aquele maldito chip
24 Jogo
28 Janete Clair
32 A gente quer comida, diversão e arte
36 Nenhuma Brastemp
42 É o tchã
48 Filhos, melhor tê-los
52 *Big Sister*
56 Hormônios
60 Guerra dos sexos
66 O monstro de olhos verdes
70 Ringue
74 Matriz e filiais
78 Dodói
82 Troca-troca
86 Engraçadinhos
88 A Velhinha de Taubaté não morreu!
94 Sogras
98 Golbery
104 Afinal, o que quer uma mulher (ou um homem)?
108 Pasta atômica
110 Viúvas alegres
112 Pescaria
120 Até que a morte nos separe
124 Por uma sociedade bonobiana!
128 Ah! O amor...
134 Referências bibliográficas

Estou prestes a completar bodas de prata, contando dois casamentos diferentes – o segundo em curso. Certo, eu não posso fazer essa comemoração, embora sinceramente ache que, bem ou mal, há algum mérito em somar quase vinte e cinco anos de convivência conjugal. Mas meu ex e, principalmente, meu atual não achariam graça no evento, tampouco a Igreja nos abençoaria, caso o ritual fosse no estilo católico tradicional. Assim, resolvi comemorar escrevendo sobre o assunto – ou, mais apropriadamente, costurando uma colcha de retalhos durante minhas produtivas insônias –, de forma a compartilhar minhas experiências.

Antes que eu seja apedrejada em praça pública, como seria em alguns países, aviso que ambos – o ex e o atual – leram estes textos e os aprovaram. Nenhum revanchismo me motiva. Aliás, devo declarar que sou grata a cada um pelo tempo de convivência, pelas boas experiências – com especial destaque para os dois maravilhosos filhos que vieram – e até pelas não tão boas, que me fizeram sofrer, é verdade, mas, ao mesmo tempo, me permitiram amadurecer.

Agradeço também ao meu conselho editorial particular, formado por amigos queridos e generosos: Ana Mendes, Eliana Sá, Geraldo Massaro, Luiz Fernando Andrade de Oliveira, Maria Joana de Brito Delboux Couto, Rosanna Romella, Rosalvo Pires, Teca Sadek e Urbino Oliveira.

*a*h! A paixão...

Como toda criança, meu filho mais velho adorava os rituais do Natal: a dúvida na escolha do presente, a carta para o Papai Noel, a ansiedade da espera pela noite em que, finalmente, saberia se o desejo fora atendido. Mas, sem dúvida, sua vivência infantil mais intensa era a da Páscoa: ele simplesmente ficava em êxtase com a trama engendrada pela rapidez do coelho, em especial a procura pelos pequenos ovos de chocolate (que eu, sorrateiramente, escondia pela casa durante os dias anteriores ao domingo de Páscoa). Meu filho "via" mesmo o rabo branco e peludo do coelho cada vez que encontrava um ovo, mas o danado do bichinho estava sempre em fuga. Lá pelos cinco anos, já mais escolado – leia-se: tomando contato com as duras regras da realidade –, experimentou uma espécie de "limbo": não queria deixar de acreditar, mas já não podia fazê-lo de corpo e alma. Diante desse impasse, numa certa Páscoa, eu estava em dúvida sobre se deveria ou não repetir o ritual dos ovinhos. Será que ele gostaria ou, ao contrário, ficaria ofendido por eu considerá-lo ainda tão "infantil"? Na dúvida, uma semana antes da Páscoa, lancei uma pergunta no ar: *Será que o coelho virá este ano?* Ele entendeu perfeitamente o que eu queria saber. Pensou um pouco e respondeu, com uma ponta de pesar pelo que sabia estar perdendo: *Só mais este ano...* Claro, os ovos continuariam a existir, mas o coelho encantado se despediria para sempre.

Imagino que a paixão seja nosso "êxtase infantil" na vida adulta. Quando somos tomados por ela, acreditamos no coelho, estamos certos de que conhecemos "Deus". O alvo de nossa paixão é perfeito, e é óbvio que assim seja: "enxergamos" nele tudo o que projetamos em nossos melhores devaneios.

Trata-se de um paradoxo: ao mesmo tempo em que o par vive uma intensa simbiose, uma fusão absoluta, a paixão é também um sentimento autista, à medida que cada um ignora a essência do outro, para moldá-lo a seu critério, de forma a adaptá-lo ao máximo da perfeição sonhada. É como se cada um enxergasse através do outro, de maneira narcísica, seu próprio projeto de amor.

Não há como esconder quando somos alvejados pelo Cupido. Nossos olhos brilham de forma diferente, vislumbramos o mundo através de uma lente rósea, e nada nos tira o bom humor, exatamente porque qualquer assunto é menor em meio à avalanche de felicidade que nos soterra. Aquele relatório modorrento que o chefe nos pede parece alta literatura. A fechada no trânsito não nos abala (o infeliz estressado certamente não está apaixonado). Nada nos irrita.

Esse estado é tão diferenciado do padrão do dia-a-dia que, no passado, chegou a ser identificado como doença da alma (e não deixa de ser, embora uma doença excepcionalmente agradável). A ciência tem confirmado essa inferência empírica: a partir de pesquisas com mapeamento neurológico, constatou-se que, na paixão, áreas específicas do cérebro são ativadas por meio de hormônios estimulantes, e o efeito, a sensação de euforia, é similar ao provocado por drogas como a cocaína e a heroína (Stefan Klein, *A Fórmula da Felicidade*).

Para mim essa "droga" é também um perigo: nas duas vezes em que fui pega de forma mais intensa me casei. Na primeira vez, dois meses depois de conhecer o parceiro; no segundo caso, após seis meses. Como na prática ainda sigo a regra antiga que impõe ao homem a iniciativa da proposta, depois de receber "sinais" positivos da mulher, os pedidos de casamento demoraram além de minha expectativa (acho que fui lenta para me fazer entender, no afã moderno de fingir desinteresse por compromissos). Não cheguei a viver literalmente a máxima do "amor debaixo da ponte", mas quase: na primeira experiência, o romantismo superou o bom senso, que recomenda acumular uma infra-estrutura mínima antes do compromisso, em tese, eterno. No nosso caso, mudamo-nos para um apartamento alugado e quase vazio, apenas com o básico: um colchão, um fogão e uma geladeira. Era quanto nos bastava naquele momento.

Parêntese: sempre me perguntei por que minhas decisões sobre casamento foram meteóricas, tomadas em tempo recorde. Sim, pode ser que eu seja rápida em decisões importantes (e outros exemplos em minha vida o comprovam). Mas pode ser, também, que esses impulsos sejam meros temores inconscientes de que algum vento possa levar para longe as brumas da paixão, antes que eu consolide a sociedade. Uma coisa é certa: embora seja um risco que eu não recomende como regra, o casamento no auge da paixão traz a melhor sensação do mundo, aquela que imaginamos nos contos de fadas que terminam com o clássico: *E foram felizes para sempre...*

Outro efeito colateral da paixão é que nossa autocrítica vai para o brejo e fazemos coisas ridículas, com pouco ou nenhum sentido prático. Se não, o que explicaria o fato de, no primeiro casamento, termos tido o trabalho de providenciar pacto antenupcial de comunhão total de bens (para sacramentar que a simbiose seria inclusive material) se eu não tinha nada e ele também não? Só depois, já na vida real, comprovamos haver pactuado sobre o nada, por puro romantismo. Só esse enlevo explica, também, a perda de tempo do noivo ao insistir com o juiz de paz para passar a assinar o meu sobrenome, visto que eu teria o dele. Isso numa época em que a lei vedava essa possibilidade.

Uma lição importante da maturidade foi perceber, encantada, que mesmo após ter experimentado o auge da paixão, e depois as várias fases do casamento, não perdemos a capacidade de "ver" o coelho de novo. Muito bom sermos tão maus alunos nesse assunto, excelente essa nossa "burrice". Ainda bem que não temos anticorpos suficientes para impedir recaídas dessa "doença da alma"! E é até compreensível: que mulher resistiria a uma serenata pelo telefone no meio da noite, com pianista ao vivo e tudo, como a que o Lima, que se tornaria meu segundo marido, me fez? Ou então a uma declaração de amor no estilo Velho Oeste, num alto de colina, durante cavalgada sob a Lua cheia? E quem, senão um ser perdido de paixão, acharia o máximo receber, dentro de uma linda caixa (que sugeria jóia), garras de tamanduá, acompanhadas de uma carta que explicava o significado simbólico do presente, como as que o Lima me deu? O filtro da paixão é fundamental na classificação dos episódios na categoria do romântico ou na do ridículo. Entendi isso quando conheci um cantor lírico (de verdade, desses de Municipal). No terceiro encontro, num jantar à luz de velas, ele resolveu se declarar, com sua voz potente mas educada, por meio de uma muito antiga canção romântica italiana. A performance foi aplaudida pelos presentes no restaurante, e percebi olhares de inveja de algumas mulheres. De minha parte, desejei que o chão se abrisse à minha frente, para poder sumir. O chão não se abriu, mas eu sumi mesmo, para sempre, ao fim do jantar.

O fato é que a paixão é a melhor coisa do mundo. É uma trégua na batalha da vida, durante a qual temos a certeza de que a felicidade será eterna – como se isso fosse possível. Mas a trégua dura pouco, por princípio – ou pelo tempo que decidirmos enxergar o outro com a lente do encantamento, que delineia com nitidez os contornos das virtudes, mas nos torna totalmente míopes à realidade de que aquele deus não passa de um ser humano, falível como todos. É uma visão tendenciosa e parcial, portanto, mas sem dúvida deliciosa. Como bem observa Luis Fernando Verissimo,

Romeu e Julieta permanecem como ícones da paixão "porque morreram e não tiveram tempo de passar pelas adversidades a que os relacionamentos estão sujeitos pela vida afora! (...) Romeu não disse para Julieta que a amava, que ela era especial e depois sumiu por semanas. Julieta não teve a oportunidade de mostrar para ele quanto ficava insuportável na TPM".

Ainda assim, se eu fosse presidente da República, minha primeira medida provisória seria estabelecer que todo cidadão deve ser obrigado a experimentar essa "droga" legal, a sensação da paixão, ao menos uma vez na vida, só para saber que o nirvana existe. O.k., a lei talvez não pegue, como muitas outras, mas ainda assim, em que ela seria diferente da norma legal que estipula em 12% a taxa máxima de juros que se pode cobrar num ano? Ou do princípio constitucional que estabelece serem todos iguais perante a lei?

Aquele maldito chip

Embora, quando jovem, eu negasse o desejo de casar, revi minha posição imediatamente, como uma verdadeira metamorfose ambulante, tão logo me apaixonei "a sério". Vivi esse primeiro "surto" casadoiro quando tinha vinte e um anos, bem no início dos anos 80, numa época em que casamento não era muito bem-visto, ao menos entre meus pares. Eram tempos pós-revolução sexual, que avalizou o amor livre, sem amarras; mas o fato é que não havíamos sido preparados para isso. Ao contrário, nossa criação foi na linha tradicional, com estímulos para que tudo ocorresse de acordo com os antigos padrões. Embora fosse exatamente essa a graça da contestação à geração anterior, era difícil anular completamente aquele chip que nos havia sido implantado pela doutrinação dos pais. Sim, todo aquele ensinamento era sem dúvida careta, ultrapassado e, para mim, conceitualmente errado. Então por que cargas-d'água, na hora H, a culpa nos invadia, um desmancha-prazeres dos mais insistentes?

A contradição interna nos obrigava a fazer tudo meia-boca: nem assumíamos querer a pompa e a circunstância anteriores nem nos entregávamos inteiros a viver sob as novas regras. Senti intensamente essa ambigüidade — e fiz com que meus pais a experimentassem também, numa salada exótica que misturava o novo e o antigo. Para começar, inovei no *approach*: casei-me dois meses após conhecer meu primeiro marido, completamente embriagada pela paixão. O pedido me foi feito numa sexta-feira à noite, à queima-roupa, de forma curta e grossa: *Vamos casar?* Nem fiz doce, topei na hora. Meu primeiro problema foi: como vou explicar ao meu pai, que nem sabia que eu estava namorando, que iria me casar? Com minha mãe o.k.; para ela é sempre mais fácil dizer o que quer que seja, mas e ele? Organizei rapidamente meus argumentos para o autoconvencimento (iria dar a notícia no dia seguinte): "não moro com meus pais há anos, sou recém-formada e me sustento sozinha. Por que não posso decidir me casar com quem quiser, quando quiser?" Tudo isso era verdade, mas não me livrou da enorme ansiedade pela sensação de estar fazendo algo diferente do que meu pai havia projetado para mim.

Como sempre, cumprimos nosso ritual familiar de comunicação: contei primeiro para minha mãe, que me perguntou se eu estava grávida. Não estava, ficasse tranqüila. Meu porta-voz comunicou então, com seu jeito calmo e diplomático, a notícia ao chefe de Estado que, imagino, deve ter remexido os bigodes, como sempre faz quando precisa processar um dado relevante. Suponho que tenha estudado cuidadosamente a forma de abordagem antes de chegar até mim para algumas perguntas, como faria qualquer pai à moda antiga, num tom pausado e solene: *O que faz o moço? Que idade tem? É de boa família?* E por aí afora. Eu contava com a sorte de ele não me perguntar havia quanto tempo eu conhecia o pretendente. Esse era meu ponto mais fraco: como dizer que eram menos de dois meses, sem parecer completamente louca e inconseqüente? Ele perguntou. Eu gaguejei, mas até que não me saí mal, visto que não informei nada, mas também não menti: *Ah, já há algum tempo* (era verdade: era algum tempo) *...nem sei direito* (os exatos dias, horas e minutos eu não sabia mesmo) ...o *suficiente* (era mesmo, eu estava apaixonada e, portanto, completamente convicta de que iria me casar com Deus em pessoa).

Vencida essa primeira etapa com sucesso, urgia tomar as providências práticas. Já que eu não havia sido muito ortodoxa logo de cara, achei melhor ceder minimamente à tradição e permitir algum tipo de satisfação à sociedade. Para meus pais, a formalização legal nem seria necessária, mas um casamento não é casamento sem a bênção católica, e nem discuti. Eles mesmos providenciaram tudo, apenas concordaram que a cerimônia não precisaria ser na enorme igreja matriz de minha cidade, no interior paulista. Escolhi a menor capela existente, que comportava poucas pessoas. Lembro-me como se fosse hoje da cara de decepção do meu pai quando me viu vestida "de noiva": um vestido azul curto e simples, cabelos soltos como sempre, sem nem uma coroazinha de flores para dar um ar mais solene. A única demonstração de se tratar de um evento especial foi o fato – raríssimo em minha vida – de eu ter ido à manicure. Paciência, fomos para a cerimônia assim mesmo.

Essa, a cerimônia, também não foi das mais clássicas, a começar pela entrada na igreja. Para contextualizar: sou britânica, com horários, e meu pai poderia ser definido como um general britânico, tal o rigor nesse quesito. Uma dupla como essa não seguiria a tradição do atraso da noiva: chegamos pontualmente na hora à porta da igreja. E mais: sem nem ao menos prestar atenção nos "detalhes" à minha volta, fui entrando, braço dado com meu pai, quase que o arrastando porta adentro. De repente, a correria: os músicos começam a tocar, alguém espia pela porta da sacristia e dá o aviso: *A noiva já entrou.* Não havia ainda viv'alma no altar, nem noivo, nem padre, nem padrinhos. Todos se atropelaram para tomar suas posições, enquanto meu pai e eu marchávamos, céleres, pela nave da igreja. O padre, aliás, terminou de vestir seus paramentos ali ao vivo, na frente de todos. A cena se tornaria motivo de muita diversão e conjecturas. Como dizem que sou bastante prática e decidida, as discussões foram sobre o que eu faria se o noivo não tivesse chegado. Alguns achavam que talvez eu fosse tocando a cerimônia sem par mesmo, para adiantar o expediente. Outros, que eu escolheria alguém da platéia para substituir o noivo, de forma a aproveitar a cerimônia. Finalmente, uns poucos aventaram até a hipótese de eu me casar sozinha, sem parceiro (quem disse que, num ímpeto narcísico, uma pessoa não pode se casar consigo própria?).

Em minha segunda experiência casadoira (de novo, vítima da paixão!), quase vinte anos após a primeira, eu imaginava que saberia lidar com o assunto com total desenvoltura e naturalidade. Que nada, aquele maldito chip ainda não estava neutralizado. Novamente me vi diante da necessidade de teorizar sobre minha suposta independência: sou quase quarentona, sustento casa e filho, não tive culpa na dissolução do primeiro casamento (ao menos aos olhos do mundo, na explicação fácil das aparências). Por que, então, deveria ficar nervosa ao apresentar ao meu pai meu namorado e quase-marido? Pois fiquei, como se fosse ainda uma adolescente. Dessa vez, no entanto, apenas entreguei à minha mãe o convite da festa de casamento, que teve chapéus e cavalos, para atender ao sonho de meu novo eleito.

Conclusão possível: minha geração comporta mulheres liberadas, independentes, que conseguem sucesso profissional, mas ainda temos dificuldades com os conflitos criados pela dissonância entre os valores recebidos: de um lado, a família; de outro, os amigos e os valores típicos da classe média urbana. Resta-nos, assim, assumir o ridículo das situações que criamos e aproveitar para rir muito delas na maturidade.

jogo

A dança do acasalamento – aquele ritual a que se submetem os enamorados para a atração recíproca – pode diferir ao longo do tempo, mas o espírito é sempre o mesmo: uma exibição caprichada dos melhores dotes de cada um. Com a maior independência da mulher, a dança também comporta alguma disputa, num jogo civilizado com a finalidade de empate no final.

Meu segundo casamento foi precedido de um exemplo didático dessa dança/jogo. Conheci o Lima numa casa de praia de amigos comuns. Recém-separada e avulsa na época, estava imbuída da auto-enganação que, às vezes, as mulheres se impõem: a de *apenas me divertir, sem objetivos sérios*. A diversão prometia: Lima estava vestido de aqualouco. Diferente, pensei com meus botões. Apresentados, ele me entregou um tubo e ordenou à queima-roupa: *Passe protetor solar em mim!* Tomada pela surpresa, obedeci, um a zero para ele. Contam os amigos, no entanto, que o besuntei do creme branco de tal forma que ele parecia o "Abominável Homem das Neves", estando assim dispensado do protetor solar pelas semanas seguintes. Jogo empatado, um a um.

O próximo *round* seria, de novo, iniciativa dele: no meio da noite, ouço batidas na janela do quarto. Era o Lima, convidando-me para "caçar tirisco". Achei engraçado, mas, como não sabia se tirisco era algum bicho perigoso, não fui, dois a um para mim. No dia seguinte, a turma toda já havia se acomodado nas esteiras quando cheguei à praia. Avistei meu alvo e sugeri (segundo os amigos, ordenei, para que ele já fosse se acostumando): *Vamos andar na areia*. Distraída como sempre, não havia percebido que outra mulher do grupo estava na disputa. Comentário dela após nossa partida: *Esse já era...* Exagero dela, pois eu ainda teria de me esforçar bastante para alcançar a meta subconsciente de (quase) toda mulher. Já no passeio pela praia fui posta à prova: Lima me fez três perguntas sobre minhas preferências sexuais, num crescendo tal (apenas verbal) que, por pura defesa, as esqueci completamente, até hoje. Respondi a todas com fingida naturalidade, como se estivesse falando sobre meus gostos musicais, mas sofrendo com o calorão pelo inusitado, o que só piorava os efeitos do sol. Muitos pontos para ele. Indo direto ao fim desse primeiro encontro: poderíamos ter "subido a serra" para prosseguir no processo de conhecimento recíproco em São Paulo – e dei a dica para o convite –, mas o Lima foi subitamente acometido de um desarranjo físico de tal monta que não poderia enfrentar algumas horas de estrada. Só Freud explica: talvez o solteirão convicto tivesse algum receio... Pontos para mim.

A brincadeira começou a ficar mais séria e a dar trabalho, mais para ele que para mim. Lima morava a mais de mil quilômetros de São Paulo, numa pequena cidade mineira, e viajar todo fim de semana para nossos encontros não era pouco. Além disso, interestadual em suas relações, começou a me ligar de diferentes paragens, sempre para me informar que havia acabado de *desfazer um rolo*. Eu me perguntava o que isso queria dizer, visto que não havíamos combinado nenhum compromisso. Prosseguimos de ponto em ponto, uma no cravo, outra na ferradura, até que eu mesma desmascarei minha auto-enganação, especialmente a partir do momento em que o Lima, durante uma conversa casual, me propôs ter um filho. Meus planos nada sérios tinham ido pelo ralo. E, já que era para ser sério, percebi que teria de decidir sobre o assunto. Lima pertencia à categoria dos homens quase quarentões que justificam a solteirice por *não ter encontrado ainda a mulher certa*. Assim, tive de lhe deixar claro, expressamente, que ele a havia, finalmente, encontrado. Como a internet ainda não era um hábito comum, foi um fax que resolveu a parada. Foi bastante blablablá para meu estilo direto, mas a mensagem era clara: ou vem para a *mulher certa* ou você terá apenas uma *amiga certa*. Ele veio, ponto para os dois, fim do jogo. Ou início?

Janete Clair

Costumamos dizer que os enredos das novelas são inverossímeis, totalmente improváveis, mas conheço vários exemplos da vida real que poderiam ser alvo desses comentários, para provar que, como espelhos, a vida reflete a arte, e a arte reflete a vida.

Quando dei o xeque-mate no Lima, via fax, como relatei na crônica anterior, combinamos o dia em que ele chegaria, de mala e cuia, para morar em minha casa. Seria uma mudança de muitos quilômetros mas poucos pertences, pois minha casa já estava montada e funcionando de longa data. Apesar disso, como o Lima tinha acumulado enxoval para se casar (mundo pós-moderno), ficou combinado que renovaríamos algumas coisas, como roupas de cama, mesa e banho. No dia anterior à vinda, pela manhã, ele me ligou para relatar que estava em meio às providências para deixar tudo em ordem, despediu-se dos amigos, dos parentes, fez as malas, trocou os pneus do carro etc. Tudo estava indo bem, a agenda do dia sendo cumprida, quando, durante uma conversa na agência bancária, para acertos finais, foi chamado, na calçada, por alguém que rondava seu automóvel, estacionado em frente ao banco. Era um oficial de Justiça. O veículo, recém-aceito pelo Lima em acerto de uma dívida e ainda em fase de transferência para seu nome, na verdade era alvo de penhora executada por terceiro. Argumentos para cá, argumentos para lá, mas não teve jeito: lá se foi o cavalo branco do príncipe encantado, ou, de forma menos romântica, o automóvel, com pneus novos e tudo.

À noite, liga-me o Lima, desolado, da casa de um amigo, já tendo afogado a mágoa num uísque, para me contar o ocorrido, mas garantindo que viria, sim, de uma forma ou de outra. Tranqüilizei-o, disse que não era preciso tanta pressa, que ajeitasse tudo, e adiaríamos a vinda por uns dias, sem problemas. Aproveitei para, maternalmente, recomendar ao amigo anfitrião que tomasse conta do Lima naquele momento difícil. Já havia me conformado com o fato de que ele demoraria ainda alguns dias para vir quando o telefone tocou, na manhã seguinte. Era o Lima, eufórico, avisando que estava de saída, que eu o aguardasse naquela noite. Não entendi nada, e ele também não quis me explicar, preferindo deixar a surpresa para a chegada. De fato, muitas horas depois, ele chegou em casa num automóvel comum, desses de passeio, carregado como um caminhão de empresa de mudança: cheio dentro, bagageiro em cima, uma lata de sardinha ambulante. Havia aparelho de TV, de som, de microondas, fogão, tudo novo e embalado, como se ele tivesse acabado de acertar todas as perguntas no *Programa Silvio Santos*.

Explicou o ocorrido, embora fosse difícil de acreditar: ao chegar em casa, na manhã seguinte ao porre na casa do amigo, encontrou uma carta e um molho de chaves. Em poucas linhas, sua ex-namorada local explicava que, sabedora de seu casamento, estava devolvendo tudo o que havia ganhado dele, incluindo o carro, que ele poderia encontrar estacionado na frente da casa dele. Estava mesmo, já carregado com os eletrodomésticos, com espaço vago apenas no banco do motorista. Ele nem precisou se dar ao trabalho de ajeitar tudo, tão bem-arrumado estava. Surreal.

Mais surreal ainda foi a notícia que o Lima me trouxe, algum tempo depois, num epílogo mais próprio de novela mexicana: a ex, supostamente desiludida com o acontecido, teria ingressado numa ordem religiosa e se isolado num convento. Bom final para a história, embora até hoje eu ache que essa parte foi um pouco de criatividade e marketing do Lima, para valorizar seu passe...

a gente quer comida, diversão e arte

Sou reconhecidamente um desastre na cozinha, e não se trata de protesto feminista. Se assim fosse, eu não seria igualmente um desastre como motorista — um perigo público —, a ponto de decidir não mais expor minhas inabilidades ao mundo. Talvez esse traço seja apenas conseqüência genética: não há notícias, entre minhas ancestrais, de algum talento culinário. Invejo, sinceramente, algumas amigas, sem dúvida artistas, não apenas na criação dos aromas e sabores, mas também dos belos cenários sobre a mesa. Verdadeiras Michelângelas! Adoraria, como elas, saber lapidar um dos maiores prazeres humanos, o do paladar, e, ainda, acrescentar-lhe o prazer estético.

Para minha sorte, além das amigas, tanto meu primeiro quanto meu segundo marido conhecem a matéria, o que parece ser cada vez mais comum neste mundo com menos preconceitos (aliás, os mais famosos *chefs de cuisine* do mundo são homens). Ambos exibiram esse atributo, como parte do currículo, já na fase de atração: o primeiro com enfoque na culinária húngara; o segundo, na italiana. Já no contato inicial com meu ex-marido, ele me contou que adorava pudim, mas não sabia fazer nenhum doce. O esperado seria surpreendê-lo com um, mas, para não ser acusada de propaganda enganosa, arrumei a receita e a reescrevi, tentando ser engraçadinha, e acrescentei como passo final: *convidar alguém especial para ajudar a comer*. Ele seguiu direitinho:

convidou-me para um jantar completo, com pudim na sobremesa. No segundo caso, combinando com o ambiente de praia em que nos conhecemos, o Lima preparou uma boa moqueca. Tendo presenciado o trabalho deles na gestão de panelas, entendi que realmente há uma incompatibilidade entre minhas preocupações e as deles. Não sei se se trata de tendência estatisticamente relevante, mas concluí que homens (ao menos os que eu conheço) têm foco no resultado culinário e nenhuma preocupação com o estado geral da cozinha ao fim da empreitada. Aprendi a deixá-los a sós, para não contaminar sua arte com minha ansiedade. De fato, quando arrisco cozinhar qualquer coisa, fico obcecada por sujar o mínimo de panelas e utensílios em geral, o fogão, a pia, o chão etc. Por mim, cozinharia o arroz do lado direito da panela, o feijão do lado esquerdo. Limpo respingos no fogão durante o cozimento — e, em geral, me queimo. Um amigo sempre repete que eu faria uma revolução como governanta do Palácio de Buckingham: substituiria a louça inglesa e a milenar prataria por descartáveis, a comida viria de serviços *delivery*, e assim por diante. Claro que esse comportamento é incompatível com bons resultados. Homens, ao contrário, parecem estar numa competição de lambança máxima. Chegam a passar os conteúdos de panela para panela, ao que parece somente pelo prazer de sujá-las, e produzem pirotecnia com os espirros dos molhos. Também abrem todos os armários e retiram todos os ingredientes — os que serão usados e os que não serão, indistintamente.

Lembro-me de uma situação traumática ocorrida durante meu primeiro casamento. Eu havia viajado a trabalho e chegaria de volta numa segunda-feira pela manhã. Meu marido e meu filho haviam ficado em casa, inclusive durante o fim de semana, quando não contávamos com auxiliar doméstica. Cheguei, feliz e com saudade. Abri a porta de casa, olhei para dentro e desviei os olhos novamente para as malas estacionadas na porta de entrada, refletindo durante alguns instantes sobre se deveria voltar a viajar dali mesmo, sem nem ao menos substituir as roupas sujas. O cenário era de fim de guerra, e o principal campo de batalha havia sido a cozinha, onde os dois últimos combatentes tentavam, sem sucesso, dar uma ordem mínima, armados de vassouras (haviam acabado de ser informados de que a faxineira faltaria e sabiam de minha chegada). Tudo havia sido usado, sem exceção: panelas, pratos, talheres, copos; não havia pedra sobre pedra. Eu apenas me perguntava como conseguiram!

Em meu segundo casamento, as experiências culinárias também começaram cedo. Já sabíamos que havia uma, digamos, incompatibilidade de estilos: ele prefere um bom javali no espeto, eu sou da turma do müsli. Como sou a "rainha do lar", em meu reinado prevalece o müsli (embora eu saiba que o Lima promove o tráfico de bacons, camuflados sob enormes folhas de alface). A especialidade dele eram as massas com molhos fortes, herança de sua avó italiana. Nos primeiros dias de convivência conjunta, Lima quis me fazer uma surpresa light. Achou um livro de receitas que me pertence, presente de uma amiga (elas tentam!), o único do gênero que já li, não para usar na cozinha, mas porque ele contém deliciosas crônicas. Trata-se de *Nunca Treze à Mesa*, de Orietta del Solle, e a receita escolhida foi espaguete com agrião. Lima me contaria depois que seguiu rigorosamente as instruções: "Passe as folhas e os talos do agrião no liquidificador com o vinagre, o azeite e um pouco da água do cozimento (5 minutos) da cebola ralada". O Lima "passou" mesmo. Diz ele que a faca giratória se movia de forma lenta e barulhenta, tal a espessura da pasta que se formou. Então, decidiu fazer o não recomendado: enfiou uma colher para ajudar no movimento. Esta colidiu com a faca, e o copo do liquidificador explodiu. A cozinha ficou verde-agrião. Deu trabalho para limpar tudo, mas, teimoso, Lima comprou outro copo e outras folhas e reiniciou o processo. À noite, no jantar, eu e os dois homens adultos que moravam comigo, meu filho e um irmão, vimos o Lima exibir, orgulhoso, seu feito. A aparência era boa. O sabor, *une merde*, para ser menos rude, já que tudo fica mais chique em francês.

Como era ainda o início da convivência, havia alguma cerimônia e nós, os provadores, nos desmanchamos em "elogios neutros", do tipo: *exótico! diferente!* O Lima, iniciante em casa, achava que esse pessoal da cidade grande é meio estranho mesmo e deve gostar dessas esquisitices. Na manhã seguinte, no entanto, não deu para segurar: reunidos novamente para o café-da-manhã, mesmo grupo, mesma cerimônia, entreolhamo-nos e as gargalhadas explodiram. Tivemos de revelar que o prato de estréia na categoria light estava mesmo ruim, era preciso treinar mais. Até hoje o Lima acha que meu livro era uma fraude, uma coleção de pegadinhas que eu deixei como isca, só para me divertir à custa dele...

Nenhuma Brastemp

Considero-me uma dona-de-casa/mãe disfarçada de executiva, o que explica o fato de eu estar sempre atenta a exemplos do cotidiano que permitem analisar ângulos de relacionamentos. Uma antiga vizinha tinha facilidade em expressar de forma didática esses exemplos, com seu carregado sotaque ítalo-paulistano, entre eles um prosaico relato comparativo da conduta masculina: *Bela, quando você tem um namorado, ele vem para os encontros com orquídeas embrulhadas naqueles papéis transparentes das floriculturas, daquelas que você sabe que custaram uma fortuna. Uma beleza! Agora, basta você se casar para passar a receber flores embrulhadas em jornais, entregues dentro da sacola junto com as cebolas e os peixes comprados na feira livre. Ele ainda põe o "presente" sobre a mesa da cozinha e comenta: "Tá tudo muito caro, viu...".* Eu ouvia e pensava com meus botões: *Ao menos as flores ainda aparecem...*

Essa desilusão quanto ao romantismo dos homens, que nós, mulheres, desejamos em tempo integral, acontece rápida e inevitavelmente com a convivência. Tive essas experiências já em meus curtos períodos pré-casamentos. No primeiro caso, lembro-me de uma noite em que, no auge da paixão, meu então namorado me disse que não poderíamos nos ver naquela noite, a exemplo do que acontecia em todas, porque teria de fazer revisão em seu orçamento doméstico. Meu impulso imediato foi propor: passe aqui esse orçamento, eu reviso num minuto e podemos namorar depois. Fiquei na minha, é claro; teria sido muito invasivo de minha parte, mas já serviu de alerta para eu entender o espírito da coisa. Depois, já casada, continuei a experimentar decepções, em razão de expectativas muito altas de minha parte: para mim, um momento de romantismo deveria preceder a todo o resto. Foi assim na primeira vez em que, estando ele a manusear fiações elétricas em casa, abracei-o, num ímpeto, e ele me pediu um tempo. Foi um balde de água fria. O.k., poderíamos morrer eletrocutados, mas que importância teria isso, se estaríamos morrendo abraçados? Diante de tal diferença de sentimentos, às vezes comento com meus botões que tenho sorte de meus eleitos não terem pendores poético-musicais, pois imagino que me tornaria escrava eterna se fosse musa de uma canção romântica. (*"Onde não diremos nada/ Nada aconteceu/ Apenas seguirei, como encantado, ao lado teu."*)

No segundo casamento a história se repetiu. Quando meu então namorado ainda tinha de viajar para me ver, fui surpreendida com a notícia de que num certo fim de semana ele não viria, por uma razão qualquer da qual não me lembro mais. Conversa vai, conversa vem, e ele, ingênuo, me contou que a cidade em que vivia teria sua melhor festa agropecuária, exatamente no tal fim de semana. Bingo! Ele havia me trocado por bois e vacas! Hoje, após anos de convivência e algumas rusgas, ele até já aprendeu que não deve me atender ao telefone com um simples *oi*, como faz com todos. Não espero mais que dispare declarações do tipo *Alô*, *paixão absoluta e maior da minha vida* etc.; mas, ao menos, um *Alô, meu amor* eu exijo. Concordo que nós, mulheres, colaboramos para esfriar o romantismo. Não deve ser muito inspirador quando o parceiro nos encontra à noite naquele pijama velho e sem graça, que é o nosso preferido. Também deve ser frustrante acordar e não deparar com uma mulher de novela, que sempre desperta penteada, maquiada e linda. Na linha oposta, lembro-me de ter sido pilhada apenas uma vez, no início de meu segundo relacionamento – e foi um "vexame público": Lima e eu estávamos casados fazia um ano, e achei que o surpreenderia com uma lembrancinha, visto que não sou boa com datas. Consegui achar um tempinho no meio do dia e comprei um ralador de queijos. Parece estranho e pouco, mas era um ralador especial e importado, e o Lima é doido por massas, que ele próprio cozinha e depois encima com uma nuvem de lascas de parmesão. Ele veio me esperar já no *hall* do apartamento, e pude, orgulhosa, entregar-lhe o presente, certa de que estava em vantagem por ele ter se esquecido da data. Entramos no apartamento, e eu é que fui surpreendida por muitos amigos que ele havia convidado para comemorar juntos. Não tive tempo de sumir com o ralador. Todo mundo viu e, para completar, ganhei do Lima algumas jóias. Senti-me como se fosse um marido que deu uma panela de pressão ou um ferro de passar para a mulher em seu aniversário. Ao menos serviu para a diversão dos convidados...

Mas a chave da questão é outra, mais abrangente e estrutural, e já cantada, desde sempre, em prosa, verso e filosofia:

como disse Bernard Shaw, "Há duas tragédias na vida. Uma delas é não conquistar aquilo que o coração deseja. A outra é conquistar". Ou, nos versos de Vicente de Carvalho, a felicidade "existe, sim, mas nunca a encontramos. Porque ela está sempre apenas onde a pomos. E nunca a pomos onde nós estamos".

Em resumo: somos "insatisfazíveis", ou melhor, nossa satisfação é como orgasmo, dura instantes. Esse fenômeno é comprovado pela neurociência: a expectativa pelo atendimento ao desejo gera a emissão de dopamina pelo cérebro, substância que produz sensação de prazer. Mas a quantidade desse "*doping* natural" se mantém elevada até a conquista, a efetivação do desejo. Daí, começa a cair, com a conseqüente queda na sensação prazerosa, o que nos redireciona para outro desejo, como num moto-contínuo.

Idealizamos e desejamos uma pessoa, e o enlevo permanece intenso até que o sonho se realize – por isso, em geral, só duram as paixões platônicas, que não se concretizam. Embora a analogia seja rasteira, o modelo também funciona em outros tipos de desejo: há os que sonham ardentemente com um carro, por exemplo. Espiam anúncios, visitam lojas, planejam, até que conseguem o objeto de consumo. Tudo é lindo nos primeiros tempos, a vontade é de equipá-lo, apertar cada botão, experimentar todas as velocidades, exibir o brinquedo novo. Passada a euforia, no entanto – e já introjetada a idéia de que o desejo foi atendido –, o carro passa a ser apenas um carro, talvez igual aos outros, quem sabe com alguns problemas e, com o desgaste, até fonte de dores de cabeça. Bem diferente do brinquedo que antes aparecia sob holofotes nos nossos sonhos, como fornecedor inesgotável de prazer.

No casamento, a enorme energia despendida durante a dança do acasalamento se esvai, e dormimos, cansados e um pouco desinteressados, sobre os louros da conquista. E embora se possa argumentar que sempre seria possível mais esforço em compreender o parceiro, mais generosidade – de resto, recomendáveis em qualquer tipo de relação –, o desgaste é inevitável; não é humano manter-se permanentemente em êxtase diante de uma conquista consolidada. Os homens devem sentir esse peso com intensidade maior no casamento, já que as mulheres, ao menos, têm a paixão incondicional pelos filhos. Somente quando a relação é ameaçada, a chama pode reaquecer. Não é raro que parceiros em relacionamento morno sejam tomados pela fúria original se a relação é questionada (quantas separações não passam pela "repescagem"?). É comum, porém, que em pouco tempo a sensação de frustração confirme a insatisfação com os velhos problemas. Nesses casos, somente o novo volta a ser atraente.

Embora a leviandade nas relações seja uma característica de nossos tempos – e a mídia a comprova e a glamouriza diariamente, ao noticiar os namoros/separações meteóricos entre artistas –, no outro extremo está a idealização dos relacionamentos, que nos impõe uma meta quase inatingível: a de encontrar um parceiro pelo qual nos manteremos apaixonados para sempre. Talvez precisemos desmistificar o casamento, retirá-lo do "mundo ideal" no qual ele foi criado e concluir que a boa convivência dá trabalho, exige esforço. O ideal do amor eterno pode acontecer, mas como exceção, não como regra. O máximo que podemos querer é viver a relação com respeito, sempre, e — perdoem-me o chavão — dure quanto durar.

é o tchã

É muito intrigante pensar na razão pela qual, em meio a milhões de possibilidades, os casais se formam. Por que aquele homem específico com aquela mulher específica? Pragmática como ela só, minha mãe nunca entendeu a tristeza e as lamúrias de mulheres que desfazem relacionamentos importantes. Para ela, vale a máxima: *Tanto homem no mundo...* Justo ela, para quem só há um homem no mundo: casou-se com o primeiro namorado e com ele continua há quase sessenta anos. Talvez, exatamente por não ter sentido a possibilidade de a vida ser diferente, lhe escape a sensação de que, em alguns momentos, só existe mesmo um homem no mundo.

Por que essa sensação? Por que somos atraídos ou atraídas como moscas ao mel para certas pessoas e não para outras? Por que nossa vontade foge à escolha planejada? Por volta dos meus dezoito anos, quando o assunto namoro estava na ordem do dia, eu me perguntava por que cargas-d'água não me atraíam certos rapazes sem dúvida convenientes, visto que cultos, sérios, cheios de projetos e de boa aparência. Mas nada, não havia o tchã, e sem tchã não tem graça. Claro que importam os fatores iniciais de atração, a beleza física e a chamada química de pele, entre outros. Mas, para relações mais estáveis, que sobrevivem à fase inicial de encantamento, entendo que o que pode fazer a diferença é o tal do tchã.

Esse tchã é completamente instintivo, comandado pela emoção, e não precedido pela compreensão consciente – esta muito mais lenta que a primeira. Para esse tipo de decisão, a "lógica" não obedece ao que costumamos chamar de razão, ou, como captou Pascal, "o coração tem razões que a própria razão desconhece". Aliás, condizente com a tendência à dissecação das emoções e dos sentimentos promovida pela neurociência, o pesquisador António Damásio, ao comprovar que os comandos instintivo/emocionais de fato se antecipam à racionalização cerebral, confirmou Pascal e apontou o erro de Descartes: ao invés de "penso, logo existo", o mais apropriado é "existo, logo penso" (*O Erro de Descartes*). Em se tratando de uma das grandes prioridades da vida, que é encontrar um par, a intuição deve estar sempre a postos, com todos os holofotes ligados.

O tchã também é particular, específico. O que para mim é motivo de atração fatal para uma amiga pode não ter graça alguma. Um homem que minha amiga deseja como parceiro para mim é como um irmão (ainda bem!). O tchã é explicado de diversas formas: para alguns é destino ou determinação divina; para outros, predestinação cósmica (está escrito nas estrelas), ou ainda queima de carma etc. Em todos os casos, trata-se de encontrar a metade da laranja (ou, hoje em dia, um terço ou um quarto da laranja, para completar o inteiro da vida toda).

Tudo isso cabe ainda dentro de outra explicação: a de que precisamos encontrar a pessoa que preencha (em cada momento) o papel na dinâmica emocional mais relevante de cada um. Como, de perto, ninguém é normal, resta-nos investigar em cada caso qual é o mapa da combinação específica – certamente há uma infinita gama de possibilidades dinâmicas, algumas menos, outras mais freqüentes.

Em meu caso, o que preciso, de diferentes formas e em intensidades que têm variado durante minha vida, é ser maternal e protetora, preferencialmente quando o candidato se apresenta como um grande desafio, como pode ser o de um solteirão convicto – ainda que muito namorador. Trata-se de uma missão: "adotar" o pobre menino perdido, para salvá-lo (como se a opção pela solteirice fosse a perdição, a recusa de crescer). O Peter Pan deve ser resgatado da Terra do Nunca, deve crescer e amadurecer, e só uma mãe postiça, a Wendy, pode dar conta dessa missão. Esta síndrome começou cedo: lembro-me de, já em criança, "compreender" os alunos "do fundão" da classe, na escola, aqueles insuportáveis, os pesadelos das professoras. Eu sabia, eram bons meninos, apenas incompreendidos pelos adultos desalmados. Pela vida afora, sei que foi este o pacote que passei a oferecer, instintiva e inconscientemente, bem embalado para presente, desde o primeiro olhar. O efeito, também instintivo, também inconsciente, é enredar o outro numa teia da qual é difícil sair, a menos que os fios se enfraqueçam, seja porque um dos lados, ou ambos, já não se alimenta mais dele, seja porque a maternalidade está ocupada com filhos de verdade.

Do meu lado, há primeiramente o prazer pelo reconhecimento do feito na roda social do escolhido: finalmente, uma mulher conseguiu a conversão da ovelha desgarrada. Lembro-me de ter sido parabenizada por isso, após meus dois casamentos, pelos amigos de meus parceiros e, especialmente pelas esposas, que os consideravam companhias perigosas para os maridos. Outro ponto positivo é que conquisto poder, porque posso me tornar muito importante para o parceiro – como só uma mãe pode ser. Trata-se, é claro, de uma carência minha, mas uma carência cujo atendimento é socialmente aceito e valorizado: a imagem é de uma mulher madura, compreensiva, tolerante, quase uma Amélia no plano emocional (já ouvi o comentário de uma amiga: *Que carência bonita você tem!*). Conheço muitas mulheres que são, como eu, verdadeiras doadoras universais. Para estas, talvez as oportunidades de casamento sejam mais freqüentes, pois é provável que haja mais homens desejando ser tratados de forma maternal que o inverso. Mas – e sempre há um mas –, a contrapartida é a responsabilidade pela meta auto-imposta. Recorrendo a Saint-Exupéry: "Tu te tornas eternamente responsável por aquilo que cativas". Mais complicada ainda é a culpa pelo sofrimento que o amadurecer sempre impõe (embora, em tese, se trate de decisão dele, não minha): quem disse que o melhor para Peter Pan é crescer, e quem disse que o casamento significa crescimento? Não é muito mais prazeroso continuar a voar para a Terra do Nunca pela vida toda, conviver com os meninos perdidos e enfrentar o Capitão Gancho, sem as limitações inerentes à vida a dois (depois a três, quatro...)? Finalmente, a última pergunta que me faço, mais uma camada a retirar na busca do autoconhecimento: que fragilidade eu e outras mulheres tentamos esconder sob a capa de supermulheres?

Agora o outro lado. Entendo que, para o parceiro, a situação proposta é uma faca de dois gumes: inicialmente, ele tira a sorte grande, na cumplicidade com uma mulher que tudo compreende, aceita e ajuda – a própria Wendy, que voa junto com Peter para a Terra do Nunca. No entanto, com o tempo – e principalmente após o nascimento de um filho – a expectativa de amadurecimento imediato se exacerba, e a cobrança não é pequena. É como se, de um (adorável) menino protegido, se exigisse, de repente, o desempenho do papel de um pai maduro, seguro, acolhedor. De certa maneira, a cena parece a revivência, na fase adulta – agora de forma caricatural –, da dinâmica mãe-filho original: primeiro a relação de exclusividade, o domínio do universo, o prazer. Depois, a inserção nas regras da vida, a frustração. Muito duro.

Tornar-se parcialmente consciente dessa dinâmica não quer dizer ultrapassá-la – psicoterapeutas são ótimos, mas não são deuses. Talvez nos ajude, apenas, a lidar com ela com menos impulso e mais maturidade. E, no fundo, se essa é a relação que nos dá prazer – embora também nos traga sofrimento –, só nos resta, polianamente, vivê-la. Afinal, no universo da relação, se Peter Pan não é nada sem Wendy, o que seria de Wendy sem Peter Pan?

filhos, melhor tê-los!

Meus dois casamentos foram escancaradamente pautados pelo desejo de filhos. Da primeira vez, eu acumulava a ansiedade desde o início da adolescência. Como sempre fui responsável, nos meus primeiros relacionamentos resisti bravamente inclusive à demanda de um namorado que, no rompimento, pediu *ao menos um filho de lembrança*. Mas, ao bater os olhos no que viria a ser o pai do meu filho mais velho, e antes mesmo de trocar uma palavra com ele, vi em sua testa uma placa luminosa com a inscrição "pai". Foi exatamente assim como descrevo, e lembro-me de ter enrubescido ao ter esse pensamento tão precocemente, por avançar o filme a ponto de ir direto para a cena mais importante. Mulher é assim, aliás (umas menos, outras mais objetivas): talentosas roteiristas que conseguem, num átimo de segundo, montar enredos inteiros, com maridos (na falta de príncipes), casas amarelas com floreiras cheias de gerânios (na falta de castelos) e, obviamente, filhos.

O assunto esteve em pauta já nos primeiros encontros, de forma que não me senti culpada, uma vez que não o enganei. No entanto, durante muitos anos me sentia envergonhada de mim mesma, por ter sido instintivamente tão objetiva, por procurar o relacionamento "só para ter um filho". Com o passar do tempo, a maturidade fez-me ver a questão de forma radicalmente oposta: como "só" para ter um filho? Pode haver relacionamento mais intenso que o que resulta num filho? Ao menos por um instante, ele é o maior que pode haver entre duas pessoas, e a partir dele a "sociedade" passa a ser indissolúvel, no que se refere ao seu maior patrimônio, o filho. Claro que o resultado pode ser bom ou ruim, estável ou instável. Não há garantia alguma. Mas, conceitualmente, desejar ter um filho com uma pessoa é desejar muito aquela pessoa, a ponto de partilhar com ela um projeto de vida. Assim, no meu caso, ao me casar "só para ter um filho", havia nesse desejo um significado absolutamente especial.

Em meu segundo casamento, nem precisei passar pelo "vexame íntimo". Lima nunca me pediu em namoro (até hoje!), mas me propôs, antes de qualquer outro compromisso: *Você quer ter um filho comigo?* Nesse caso, em vez do "arroubo da juventude", havia o "arroubo da maturidade" — tão intenso quanto, diga-se de passagem. Topei, evidentemente.

Sempre me perguntei de onde veio esse furor que me impeliu à idéia fixa da maternidade. Definitivamente, no meu caso, não foi "golpe do baú", visto que sempre mantive minha independência financeira. Tampouco fui guiada pelo imperativo das ordens divinas, que determinam que cresçamos e nos multipliquemos, sem planejamento. Provavelmente a programação genética determinante do instinto da perpetuação da espécie, que norteava a mulher das cavernas, ainda esteja bem preservada em mim. Nesse pacote instintivo talvez seja marcante a necessidade de, egoisticamente, nos livrarmos da batata quente existencial, passando-a adiante, para as mãos dos pobres filhos.

Afinal, eles não são minha razão de viver?

O fato de ter sido um objetivo claro, como no primeiro caso, ou até mesmo, em tese, um atendimento do desejo do parceiro, como no segundo, não me livrou de ser seriamente acusada, em ambas as vezes, de preferir os filhos, em detrimento dos maridos. Na juventude, sentia-me profundamente culpada e buscava contemporizar, contrabalançar um pouco a evidente tendência de me interessar mais pelo filho e dar-lhe maior atenção. Tentava explicações — até para mim mesma —, como a de que se tratava de categorias diferentes, a exemplo das disputas no boxe: peso pesado, peso-pena etc. Filhos disputariam numa categoria, marido e demais parentes em outra. Hoje tenho mais tranqüilidade para reconhecer que, em qualquer ranking, filhos são imbatíveis, nocauteiam em todas as categorias. E se essa disputa existir e se tornar uma questão preocupante, então devemos analisar em que tipo de mistura de papéis estamos envolvidos (traduzindo: quanto me tornei mãe de meu marido, quanto ele se tornou irmão do próprio filho).

Big Sister

Nunca fui ciumenta, mas há uma "outra" que já me fez passar muita raiva: a TV. Meus parceiros e boa parte dos homens que eu conheço sempre manifestaram verdadeira paixão por ela. Exceto na fase inicial da conquista, durante a dança do acasalamento, é raro ser alvo do olhar interessadíssimo com o qual eles fitam a tela, um rito de atenção profunda e abissal.

Confesso que já me irritei muito com essas cenas, até entender que, na verdade, não é culpa deles: trata-se de uma articulação ampla, silenciosa e discreta, com o fim último de dominação do universo. Os homens são apenas as vítimas preferenciais, mas aos poucos todos eles, mais todas as mulheres e crianças, serão cooptados, como em enredos de George Orwell ou de Aldous Huxley. Ultimamente, tenho reparado que até os cachorros começam a ser dominados.

Só essa tese explica o olhar fixo, imóvel, autômato, e as mãos agarradas ao objeto sagrado, o controle remoto. Só pode ser a via pela qual o ser superior extraterrestre se comunica com seus dominados. Nada que se diga os tira do transe — e as imagens transmitidas não justificam a fixação. Comecei a desconfiar dessa articulação universal quando vi que meu ex-marido assistia a um programa, se não me engano aos domingos pela manhã, no qual um ser chamado Rui Chapéu (claro, um mero agente da Grande Irmã) jogava *snooker*. Era incrível. O ser apenas movimentava o taco e encaçapava bolinhas coloridas. O telespectador acompanhava fixamente, sem falar palavra. Era evidente que se tratava de um código, e cada bolinha atingida devia ter um significado. Se não, para que aquela atenção? Cheguei a acompanhar as cenas por alguns momentos para tentar decifrar tal código, mas me rendi ao fato de que não sou páreo para a mente superior. Tenho alguns irmãos que também já foram abduzidos, e a comunicação é por meio de um programa de pescaria: ficam horas olhando um homem sobre um barco, que pesca peixes e devolve-os para a água. Nesse caso, imagino, as mensagens são transmitidas pelo tipo e tamanho dos peixes. Finalmente, minha certeza de um plano sideral consolidou-se quando constatei que o Lima, meu marido, assiste a um programa de leilões de gado: bois e vacas desfilam pela tela calmamente enquanto um homem grita que cada um é o melhor animal até então já vendido por ele. O caso é tão grave que mesmo os apelos do filho pequeno são ignorados sumariamente. Algumas vezes, em meio a uma brincadeira entre pai e filho, a transmissão da *Big Sister* atrai a atenção do Lima com tal magnetismo que, mesmo estando em outro cômodo da casa, posso ouvir meu filho chamar insistentemente, na tentativa de fazer o pai voltar à Terra: *Papai, papai*! Como são criativas e variadas as formas de comunicação desses alienígenas!

Tendo percebido esse conluio cósmico, afastei-me da TV há tempos. Passo longe até de aparelhos desligados – quem sabe qual será a próxima fase do plano maligno? Também tenho tentado manter meus filhos

— alvos preferenciais — afastados desse mal, mas não tem sido fácil. O mais velho é fascinado por clipes musicais. Ouvi dizer que agora também a internet tem sido usada como atrativo. Não tenho dúvidas de que, em pouco tempo, não haverá mais conversas, nada de diálogos humanos no velho conceito. Então, tudo estará acabado. Às vezes sinto como se eu fosse a última sobrevivente, a única humana à moda antiga, e temo a vingança da chefe suprema. Minha última cartada será virar artista caseira. Já me inscrevi em cursos de dança, e meu plano é sair sapateando pela sala, em um enlouquecido arremedo de Isadora Duncan, cada vez que a comunicação estelar se estabelecer. O.k., não pretendo encantar quem quer que seja nem arrancar aplausos, mas, quem sabe, gargalhadas possam interromper o processo e funcionar como antídoto à total dominação?

hormônios

Se houver reencarnação e eu for questionada sobre minha próxima opção de gênero, não hesitarei: quero voltar mulher mesmo. Perdoem-me os homens, mas na média acho mulher um ser mais evoluído e com maiores chances de dar algum sentido à vida: antes de concentrar todas as energias em acumular bens e poder, uma mulher talvez se pergunte a razão de tais idéias fixas. Também considero nossa época como única para viver o feminino: estamos saindo da idade da pedra e conquistando o mundo, com todos os problemas que isso possa significar.

Agora, se eu puder palpitar sobre algum tipo de aperfeiçoamento no protótipo feminino, certamente escolheria ter um botão de controle para o jorrar das emoções. Traduzindo: queria poder escolher não chorar nas horas mais impróprias. E olhe que não sou das piores. Não posso ser acusada de temperamental nem de destemperada e, tendo preocupação obsessiva por não ser injusta, em princípio, nunca discuto no calor da hora. Sei que flecha atirada e palavra dita não têm volta. Assim, acho melhor esperar o turbilhão passar e aí, sim, volto ao assunto com um mínimo de calma e elaboração. Além disso, discordo da conclusão de que chorar faz bem, como se funcionasse tal qual válvula extravasadora. Acho inevitável a tristeza e, portanto, as lágrimas, mas, ao menos no meu caso, chorar piora tudo, aprofunda o mal-estar, amplia a dimensão do problema e, pior, faz que eu tenha pena de mim, o que odeio.

Sendo assim, com tudo tão pensado e planejado, sempre inicio bem as discussões, e tal equilíbrio também obriga o "adversário" a se manter na linha. Treino com freqüência meu autocontrole, com muito cuidado para trilhar cada ponto sem cair no mar da emoção, para prosseguir com classe do início à conclusão da pendenga. Nem sempre tenho sucesso. Em certas ocasiões, basta uma frase, uma palavra, que evoque algum sentimento mais intenso, e todo o esforço vai por água abaixo. É um vexame, uma vergonha, e sinto-me um verme, um ser inferior. O pior é que para o "inimigo", evidentemente, parece apelação, golpe baixo para vencer a guerra a qualquer custo. Juro que não é. Trata-se de algum defeito de fabricação mesmo, e às vezes tenho ímpetos de cimentar meu canal lacrimal. Ainda estou no aguardo de algum anúncio em jornal com o *recall*: "Mulheres modelo 1958 podem apresentar algum tipo de falha em seu sistema de conexão emotivo-lacrimal. Convocamos as proprietárias desse modelo para a troca do mecanismo, inteiramente grátis, até o prazo xis, nas concessionárias autorizadas". Eu me apresentaria, com certeza.

Muitas vezes recorro à escrita, e o avanço tecnológico facilitou minha vida: agora posso discutir no ciberespaço. Choro mesmo assim, é verdade, mas pelo menos a única testemunha é o computador de casa.

Essa predisposição piora ainda mais em alguns dias do mês – a famosa TPM. Após anos de escola, aprendi a identificar a aproximação desse "gênio indomável" e a agir com cautela redobrada, mas nem sempre tudo pode ser combinado com o zagueiro, e acidentes acontecem. Aliás, no meu caso, em meio a tanto autocontrole no dia-a-dia, a TPM é até uma oportunidade de ser pega no contrapé da emoção, o que é sempre uma chance de enxergar problemas e crises escamoteados pelo equilíbrio aparente. Muitas vezes, passada a tempestade, questões surgidas nesses momentos permitiram-me vislumbrar oportunidades de crescimento pessoal. Algo que normalmente não me magoaria pode tornar-se uma navalha na carne nesse momento de hormônios pululantes. Exageros, talvez, mas exageros que apontam questões relevantes.

Para piorar, os homens resolvem nos provocar nesses momentos. Ou não é isso que um marido pretende quando, após uma discussão da relação, durante a qual a mulher ensopou todos os lençóis e fronhas, consegue se virar para o lado e dormir tranqüilamente? E ainda tem o desplante de roncar!!! Além de tudo, eles não têm amor à vida. Eu mesma já tive vontade de escalpelar meu marido em situações como essa – e, ressalte-se, teria sido fácil fazê-lo, estando ele a sonhar como um anjo. Como dormir em meio a sentimentos tão intensos? O auge é o dia seguinte: o homem lindo e louro ao acordar, como se nada tivesse acontecido, enquanto a mulher surge da cama como o monstro do lago Ness, amassada, descabelada, pálpebras de sapo pela choradeira, olheiras nos pés. Um desastre.

Pensando bem, e como corro o risco de não ser atendida em minha opção na próxima encarnação, também quero fazer sugestões de melhorias no protótipo masculino: façam-se ajustes nos parafusos da sensibilidade, calibrem-se as roldanas da generosidade. Além de o mundo ficar bem melhor, nenhuma mulher resiste a um homem sensível.

guerra dos sexos

Posso dizer que, a seu modo, meu pai é feminista, e sinto-me privilegiada por isso. Nada a ver com os padrões de comportamento, terreno no qual ele é igualzinho aos demais de sua idade, um guardião da moral e dos bons costumes. Refiro-me, sim, à forma como me incentivou a buscar independência profissional e financeira, e nunca a procurar uma solução por meio de um bom casamento (embora na infância, por vontade própria, eu tenha desperdiçado o dinheiro dele em dois cursos de corte e costura e em um de crochê). Nesse aspecto, minha irmã e eu tivemos tratamento exatamente igual ao dispensado aos meus seis irmãos do sexo masculino. Sei quanto isso era raro: tive amigas que eram tratadas pelos pais – mais escolarizados que os meus – como bibelôs que não deveriam se preocupar muito com formação acadêmica, mas focar nos dotes que uma mãe e dona-de-casa deveria ter.

É verdade que minha mãe colaborou muito, sendo um modelo totalmente anárquico: sempre administrou a casa com bom humor, tolerância infinita e nenhum estresse. O resultado era um caos completo de oito crianças e adolescentes virando a casa de pernas para o ar o tempo todo, cada um podendo optar por comer (ou não) o que quisesse, incluindo as, digamos, exóticas produções que ela conseguia piorar ao longo dos muitos anos de cozinha. No essencial, e mensurada por critérios não usuais, é a melhor mãe e dona-de-casa que eu conheço.

Quanto aos meus irmãos — seis deles do sexo masculino —, não posso me queixar de discriminação alguma, embora eu tenha sido vítima de exploração de mão-de-obra infantil: como o "serviço de quarto" em casa era, no máximo, duas-estrelas, sempre havia roupas por passar ou coser. Por alguma lei universal, a roupa, nesse estado, era sempre a que algum irmão queria usar. Eles sabiam "se virar", é claro, mas, estando eu por perto, não resistiam ao apelo. O pedinte me olhava como cachorro sem dono e abusava da demagogia: *Eu sei fazer, mas nunca ficaria como o seu trabalho...* No fundo, eu entendia o jogo, mas não resistia, vítima que era da culpa por ser uma mulher, portanto um ser superior, com divinas habilidades manuais. Lembro-me de ter implementado uma estratégia para cessar ou ao menos diminuir a demanda. Preguei na porta do meu quarto uma tabela de preços dos serviços: passar calças: $ XX, passar camisas: $ XXX, pregar botão: $ X etc. A demanda não diminuiu. Em compensação, se um dia eu resolver cobrar as dívidas daquele tempo, e com a correção inflacionária por 40 anos, serei uma mulher rica.

Apesar desse quadro favorável (em relação ao que eu percebia na sociedade à minha volta), sobraram resquícios de preocupações com os padrões tradicionais no que se refere ao papel feminino. Lembro-me da ansiedade de meu pai quando, no início de meu primeiro casamento, meu então marido se dirigia à cozinha de minha mãe: *Você não vai ver o que ele quer? Não*, eu respondia. *Ele tem mãos para pegar o que quiser, fique tranqüilo.* Claro, ele próprio estava acostumado a se sentar à mesa, às refeições, e ver seu prato já pronto ser colocado diante dele por minha mãe. Hoje, já com mais de oitenta anos, vejo-o, satisfeito, preparar para a família seus famosos pastéis. Como o mundo pode dar voltas!

Em meu primeiro casamento, vivi também essa contradição, e é interessante como nós, mulheres, caímos direitinho na cilada machista da culpa, criada com a contribuição das próprias mulheres, diga-se de passagem. Sempre trabalhei fora, tanto quanto meus parceiros, então por que cargas-d'agua deveria saber mais sobre a casa do que ele? Lembro-me de que me sentia uma incompetente completa quando, na fase inicial do casamento, meu então marido perguntava "ao universo", alto e bom som: *Onde estarão minhas meias marrons com pintinhas beges? É impressionante como as coisas somem nesta casa...* (Parêntese: incrível como os *Poltergeist*, aqueles espíritos infantis brincalhões que habitam algumas casas, só se interessam por objetos pertencentes aos homens. Esse fenômeno merece um estudo!) Voltando às meias: eu vestia a carapuça imediatamente e saía como louca à procura das tais meias marrons até achá-las. Com o tempo, comecei a refletir sobre minha atitude e concluí que eu mesma era responsável por assumir o papel de controladora de cada detalhe da casa. O que ocorreria se fosse o inverso, ou seja, se um belo dia eu saísse resmungando ao vento por causa do sumiço de minha calcinha preta? Absolutamente nada; ele com certeza continuaria tranqüilo a ver seu programa na TV. Pois bem, um dia, quando novamente se repetiu a cena do desaparecimento – não me lembro mais de qual preciosidade –, respondi, calmamente: *É mesmo, acho que deveríamos contratar um detetive para resolver isso.* Pronto, essa era a resposta adequada; passei a não mais me sentir um monstro se não tivesse catalogado em minha memória o destino de cada objeto da casa.

Com essa bagagem, minha segunda experiência de casamento ficaria bem mais leve. Não que o Lima não tenha tentado me vestir no papel tradicional. Um dia desses, por exemplo, na correria que se estabelece toda manhã, quando ambos nos vestimos para o trabalho – um passa-passa entre o quarto, o *closet* e o banheiro –, Lima sacou uma camisa social do armário. Faltava um botão, ele a jogou sobre a cama. Achou uma segunda que daria certo com o terno, mesmo problema. Na terceira tentativa, gola puída. Ele me olhou e, fingindo tom de brincadeira, desabafou: *Minha avó italiana diria que você não está cuidando bem de mim...* Escolada, fui rápida no gatilho e respondi no mesmo tom: *E minha avó brasileira mandaria você plantar batatas, amor...* Rimos, e ficou tudo por isso mesmo (ele deve ter achado outra camisa).

Essas pequenas querelas do dia-a-dia são obviamente bobagens e importam apenas pelo quanto nos ensinam sobre como é difícil mudar posturas. Nada contra as gentilezas no trato pessoal; ao contrário, acho-as imprescindíveis na convivência. Mas a servidão caseira, a obrigação de atender aos mínimos desejos do marido, como se fôssemos Jeannie — gênio do seriado americano, atendendo ao seu amo —, é inconcebível nos dias de hoje. No caso dos homens, muitos são companheiros dispostos mesmo a trocar o registro, embora talvez o cálculo superficial indique que não têm muito a ganhar com a mudança. Mas, e nós, mulheres, que tanto reclamamos de discriminação? Quanto da perpetuação dos antigos padrões não vem de nossa própria conduta, inclusive da forma como educamos nossos filhos?

O monstro de olhos verdes

Perdoem-me o lugar-comum, mas acho perfeita a imagem acima, criada por Shakespeare. O ciúme lembra mesmo um monstro, aliás, uma enorme serpente, ardilosa e rasteira. Dizem que onde há amor, há ciúme e, excetuados os casos patológicos de mulheres enlouquecidas e paranóicas ou de homens que matam "por amor", o ser ciumento é visto com simpatia pela maioria. Discordo. Onde há amor pode haver ciúme, é até bastante comum essa correlação. Mas pode haver amor sem ciúme, e esse é, em minha opinião, muito superior. E não me refiro só ao relacionamento conjugal, mas a todos. O amor de mãe deve incluir o desejo de que o filho tenha outros amores, outros prazeres. Um amigo verdadeiro deve ser generoso a ponto de abrir espaço para outras amizades, e descobrir que isso não traz riscos à sua própria relação, se ela for especial e única (há muitas formas de amar). Como estabelecer parcerias cúmplices sem essa disposição ao compartilhamento? Como dizer que se ama alguém que se mantém preso numa "gaiola afetiva"?

Muitos homens e mulheres se sentem lisonjeados quando alvo de ciúme do parceiro. A interpretação é que o outro se importa com ele/ela, marca espaço, rechaça terceiros, porque deseja o parceiro (ou amigo, ou filho etc.). De minha parte, o que consigo sentir nessas situações é tristeza. Tenho sido assim desde criança e confesso que não entendia a razão desse sentimento, tão diferente do que via ao meu redor. Apesar de todas as ressalvas, gosto do gênero humano e tenho curiosidade efetiva por outras formas de viver a vida, diferentes da minha. Acho que aprendo com a interação. Assim, nunca entendia quando algum parceiro reagia de forma negativa ao meu entusiasmo por novos amigos, de qualquer gênero. Lembro-me de ter, algumas vezes em minha vida, conjecturado comigo mesma: *Ah! Se eu fizesse o sucesso que o fulano imagina que faço!* Sim, porque a tendência era ver admiradores e pretendentes – ou simples cafajestes – por todo lado, onde eu estava certa de existir só amizade. E era mesmo (ao menos, nunca houve declarações em contrário).

Minhas atitudes em relação ao parceiro também podem ser interpretadas como desinteresse, quando, de fato, se trata de respeito. Não controlo, não investigo, não procuro bilhetes com telefones suspeitos, não rastreio celulares. Acho triste viver como que em estado de sítio, em permanente vigília. Definitivamente, não tenho vocação policialesca. Da mesma forma que não gostaria de ter alguém em meu encalço o tempo todo, não quero manter meu parceiro numa redoma, já que isso só contribuiria para torná-lo alguém mais restrito e, portanto, menos interessante aos meus olhos. Além do mais, não quero alguém "fora do mercado". Não se confunda esse princípio com estímulo à prevaricação masculina (aliás, eles em geral nem precisam desse estímulo...), mas, sempre dentro do respeito que um parceiro deve ao outro, é bom estar ao lado de alguém cobiçado, não de um ser recluso e desinteressante. Em resumo: quero um homem que esteja ao meu lado com a maior freqüência possível, mas por vontade própria, não porque assinou comigo um compromisso.

Não é fácil, no entanto. O ciumento não é ciumento porque quer, e sofre por sua condição. São terríveis a sensação de insegurança e o temor da perda, que todos têm de enfrentar muito cedo. Ainda bebê, o filhote humano começa a perceber que não é o único ser do universo de sua mãe: há que dividi-la com o pai, com os irmãos e com o resto do mundo. Mas é preciso crescer e aprender a partilhar, e nesse processo a criança descobre o outro lado: como pode ser bom conviver com o pai, com os irmãos e com o resto do mundo, exatamente aqueles que representam a enorme ameaça. Esse dilema é marcante na definição do padrão de conduta ao longo da vida: será possível imaginar que o mundo à volta é múltiplo, interessante e favorável? Ou, ao contrário, o pressuposto íntimo será na linha de alerta paranóico, na "certeza" de que alguém sempre está à espreita para nos tirar algo, incluindo os amores que nos são vitais? Talvez continuem a ser essenciais, nessa cesta de emoções, os resquícios ancestrais: para o macho era fundamental manter a exclusividade da fêmea, de forma a ter certeza da procedência da prole. Para a fêmea, havia o interesse de ter o melhor macho, o mais forte e poderoso, que pudesse prover proteção e alimento para a prole. Um amigo justifica o ciúme masculino com o clássico clichê: o homem pode estar aberto a relacionamentos fugazes, que lhe rendam algum prazer, porque estes não têm nenhuma importância afetiva. São apenas troféus de virilidade. A mulher, dominada por seu incorrigível romantismo, não é um ser confiável, porque se apaixona...

Para mim, o ciúme só fica bem em livros e filmes. Uma pitada de passionalidade é indispensável num bom enredo, como o de Bentinho e Capitu. Pode ser sensacional uma cena de filme em que uma linda mulher, sentindo-se traída, joga uma taça de champanhe no rosto do galã, em pleno convés do navio, sob a luz do luar (e obviamente não era o que ela pensava, ele a ama etc. etc.). Entre a realidade e a ficção, também é bem mais interessante ler sobre a convivência – entre tapas, beijos e diamantes –, de um casal como Richard Burton e Elizabeth Taylor, em vez de relacionamentos mornos e civilizados. Mas talvez essas cenas mais intensas possam ser ensaiadas no terreno do fetiche, durante uma noite plena de romantismo, e não na vida real, na qual só podem redundar em infeliz canastrice.

Ringue

A imagem parece forte, mas às vezes a cama de casal se assemelha a um ringue, embora nem sempre a luta tenha por objetivo nocautear o adversário. Esse ringue pode também ser o palco onde o casal mede suas diferenças ou usufrui de bons momentos.

Vamos às diferenças. Muitas vezes as preferências já diferem no preâmbulo: um gosta de ver TV antes de dormir, o outro, de ler — e, convenhamos, é difícil concentrar-se na leitura enquanto Clint Eastwood troca tiros com vilões no Velho Oeste. Essa é fácil de resolver, bastando fones de ouvido conectados à TV. Depois vem a disputa pelo travesseiro mais gordinho e macio (sempre há um melhor, não há dois iguais), o que alguma civilidade e gentileza resolvem.

O capítulo climático é um pouco mais complicado, a começar pelos pés frios de um a roçar nos do parceiro. Um sempre quer o ar-condicionado ou o ventilador ligado, o outro — em geral, a mulher, mais friorenta —, não. A questão térmica prossegue com a quantidade de cobertores a partilhar: em geral ela, já vestida com o pijama de flanela, cachecol e meias, quer se entocar sob uma montanha de edredons, enquanto ele, de short e sem camiseta, parece estar em plena praia no Havaí. Durante o sono, outros *rounds* ocorrem, numa briga entorpecida, pela posse das cobertas.

Outro ponto complicado se refere também ao comportamento durante o sono. Dizem que todos roncam, mas sofre e reclama quem é mais insone, o que está alerta para se irritar. Não tenho dados de pesquisas sobre o tema, mas estou convicta do parentesco próximo entre homens e ursos. São impressionantes a potência e o volume do som que eles conseguem emitir, o que, é claro, atrapalha nossa contagem de carneirinhos. A seqüência é sempre a mesma: num primeiro momento, um beijo carinhoso e um sussurro no ouvido (*Você está roncando, vire para o lado, meu amor*). Alguns minutos depois, com o furor operístico da respiração se avolumando novamente, vale uma balançada mais firme no parceiro (mesmo dormindo, ele resmunga, mas entende). Muitas vezes, com o avançar das horas, chega a ser inevitável uma carinhosa cotovelada. Confesso que, no meu caso, no auge do desespero, já cheguei a tapar o nariz do meu marido. Juro que o amo e que não foi tentativa de assassinato; aliás, sou incapaz de fazer mal a uma formiga (inclusive porque ela não ronca).

Agora, as questões mais sérias. O tablado desse ringue particular é testemunha dos estilos pessoais e do status da relação. Há quem o use para reconciliações ou, mais ainda, há casais que conseguem desfrutar do prazer sexual, mesmo quando o dia-a-dia do relacionamento vai mal. Aliás, há interpretações psicológicas na linha de que a hostilidade e o desentendimento podem ser "usados" como combustível para intensos momentos de deleite, uma espécie de bonança pós-tempestade. Há também os que, como eu, insistem em conciliar a harmonia amorosa e o sexo, fusão promovida artificialmente pela cultura romântica, segundo algumas teses e, portanto, fadada a perder importância entre as gerações futuras. Faço parte do grupo de pessoas que só conseguem entender a intimidade sexual como coroação da boa convivência. Como boa parte das mulheres, sou exigente nisso: para o *gran finale* noturno, as preliminares devem começar pela manhã, e não têm nada a ver com olhares sexy, mas com um belo sorriso e bom humor. Nada menos romântico e mais brochante do que iniciar o dia com reclamações ou problemas, ainda mais se forem sobre banalidades. Também deve haver a demonstração clara do desejo pelo outro, o que hoje em dia inclui o planejamento para achar a brecha de um tempo exclusivo do casal. Desculpem-me os homens, mas acho que a ginástica feminina é maior: trata-se de chegar em casa/ver o jantar/brincar com as crianças e checar a lição de casa/fazer compras pela internet/contar histórias para o filho menor dormir etc. etc. Depois de tudo, aquele banho refrescante para encontrar o marido na cama... muitas vezes dormindo o sono dos justos. Ainda bem que sempre tenho uma pilha de livros sobre o criado-mudo. E ainda bem que o criado é mudo, para não repetir meus impropérios. Além de todo esse preparo, ainda é necessário que nada de muito engraçado ocorra para estragar a solenidade do momento. Quase todo mundo deve ter passado pela experiência do ringue, digo, da cama que vai ao chão no melhor da festa. Impossível prosseguir em meio ao ridículo do pastelão. Também tive de dar um basta quando o Lima, recém-chegado a São Paulo depois de longa permanência nas Minas Gerais, soltou, em vez das exclamações de praxe, num sotaque dos mais carregados: *Senhora da Abadia*! Não havia como voltar à concentração original depois de morrer de rir com tamanha "heresia".

Mesmo com todas essas questões com as quais o casal tem de lidar no dia-a-dia, nos intervalos entre a irritação e o prazer extremos, é muito bom simplesmente poder dormir como duas conchas, e saber que, se houver pesadelo, a simples presença do outro é um remédio. A cama torna-se o espelho da relação, tem a cara daquele casal específico. Foi essa a conclusão a que cheguei quando me senti impelida a trocar a minha, após a separação, e quando precisei achar outra, específica, com a cara do meu novo amor – aquela, única e exclusiva, que significasse internamente que eu havia encontrado um novo ringue e um novo palco.

Matriz e filiais

Recentemente tive de fazer transição de babá de meu filho mais novo, de quatro anos. A que cuidava dele desde o nascimento iria voltar para sua cidade, e tivemos a sorte de encontrar com rapidez a substituta, uma amiga da família. Apesar da situação favorável, preocupei-me com os efeitos que a ausência da até então "mãe reserva" poderia produzir sobre a vida estável do meu filho. Sob orientação, li para ele histórias infantis sobre como as perdas representam trocas, como o crescimento pode trazer boas-novas, como a sementinha se transforma numa grande árvore etc. Achei que estava fazendo o adequado, até que, num encontro para o café-da-manhã – meu marido, eu e as duas babás, a antiga e a nova –, ouvi divertidos relatos das duas: a que se despedia contou que meu filho lhe havia dito que tudo bem ela ir embora, mas, referindo-se ao ex-marido dela: *Não leve o Damião, porque ele é só um amigo. Seu namorado sou eu.* Surpresa, a nova babá relatou que o danado também havia tido uma conversa particular com ela, no mesmo dia. Mateus lhe havia perguntado se queria ser sua namorada, e quando ela respondeu que sim, ele arrematou: *Então, o Alex, nunca mais...* (referindo-se ao namorado dela, que meu filho conhece). Pensei com meus botões: eu me matando para fazer uma inocente transição da forma mais suave possível, e ele, a anos-luz (talvez achando ridículas as minhas leituras), tramando secretamente com as duas, de forma a mantê-las sob controle. Isso sem contar que a matriz edipiana, até onde imagino, sou eu. Só me restou pensar no clichê: *homens, homens...* Será que o desejo masculino pela multiplicidade é genético? Seria herança da tal necessidade instintiva do homem das cavernas de se perpetuar por meio da fecundação de muitas fêmeas?

Claro que o exemplo acima é só uma brincadeira; há outras motivações para o "drama" que orientou a performance do meu pequeno Dom Juan, mas nas relações entre adultos, sem dúvida, as propensões diversas nos comportamentos de homens e mulheres são fonte crônica de conflitos entre os gêneros. Recentemente ouvi o relato de um episódio real e hilário (para terceiros, obviamente), ocorrido com um jovem casal, um bom exemplo dessa dinâmica: o marido havia sido apanhado em flagrante pela mulher, havia outra na parada. Ela, evidentemente magoada, pôs o marido para fora de casa. Ele, decidido a reatar o casamento (afinal, gostava mesmo da mulher), conseguiu uma "audiência". Não havia como negar o delito, não era esse o ponto. No entanto, o marido estava convicto de ter razão e um bom – embora já gasto – argumento: ela não deveria dar tanta importância à descoberta, já que a outra não representava nada para ele, era apenas um caso. Não havia dúvidas sobre quem era o verdadeiro amor de sua vida. E, para reforçar a tese da irrelevância da lambisgóia, a cartada final: a tal moça nem era a única outra, como ela havia várias... Ele poderia ter usado também, para tornar seu discurso mais convincente, os achados do zoólogo inglês Desmond Morris (autor do livro *O Homem Nu*), que descobriu ser fundamentalmente monógama a essência masculina: "Pode haver duas mulheres ao mesmo tempo, mas na realidade há uma esposa e a outra. Sempre há uma que é a mulher. A outra tem um papel secundário que complementa mais ou menos o homem, mas seu investimento emocional, o homem o realiza só em uma mulher, uma companheira, embora é claro que esse lugar prioritário em seu afeto e sua economia possam ser ocupados por diversas mulheres sucessivamente." (Entrevista a Lluis Amiguet para *La Vanguardia*, Barcelona, *UOL Mídia Global*, 05/10/2005). No exemplo prático acima, a sorte do protagonista "monógamo" foi sua parceira não ter boa pontaria, de forma que o cinzeiro de cristal não o atingiu e espatifou-se na parede.

Do ponto de vista da cultura, nada (ou muito pouco) é absurdo. Em algumas sociedades o harém, composto de um homem e várias mulheres – tantas quantas ele consiga sustentar –, é forma aceita e normal de composição conjugal. Talvez não seja fácil a competição entre as esposas, especialmente quando não se é a preferida, mas podem existir vantagens também, como em qualquer situação. Por exemplo, se o sultão for um chato, é possível socializar esse prejuízo. O problema em sociedades como a nossa é que alguns querem levar vantagem em tudo (se é que as confusões vividas por eles são vantagens). Convivendo com a hipocrisia oficial da monogamia, há verdadeiros haréns informais, e os sultões tupiniquins algumas vezes não sustentam nem os filhos nascidos das escapadelas. São conhecidos os casos dos coronéis que, além de usufruir de suas escravas (seria isso a democracia racial brasileira?), mantinham várias matrizes. É até curioso imaginar: como administravam essa multiplicidade familiar? Não era incomum, também, a complacência benevolente das várias esposas, algumas até aliviadas por não serem mais incomodadas com o que antigamente chamavam de "amolação" masculina. O exemplo oposto – o da convivência entre a mulher e seu harém masculino – só é conhecido como exceção, como a proposta de convivência simultânea de Lou Salomé com os filósofos Paul Rée e F. Nietzsche (não necessariamente um triunvirato sexual), ou, na linha do deboche nacional, a multiplicidade da heroína Darlene no filme *Eu, Tu, Eles*.

Por trás desse arranjo de nossa cultura está também a dicotomia entre o bem e o mal, entre a casa e a rua, entre o que é permitido e o que é transgressão, entre a santa/mãe de família, com quem é necessário agir com "respeito", e as outras, com as quais tudo é permitido e pode-se desfrutar dos prazeres mundanos. É difícil imaginar o que o futuro nos reserva, agora que mulheres se tornam cada vez mais independentes, tanto no que se refere às finanças quanto em tudo o que passaram a se permitir. Oxalá não seja a mera reprodução da hipocrisia, com sinais trocados.

Dodói

Não se trata de pesquisa séria, mas meus amigos médicos e dentistas estão aí para confirmar que homens são seres muito mais vulneráveis às manhas quando estão doentes, embora eu conheça também mulheres insuportavelmente hipocondríacas. Para mim é complicado entender, porque venho de uma terra de bravos. Meu pai fez sua primeira visita a um médico com mais de sessenta anos, e sua filosofia é: *se você quiser procurar algum problema, acha*. Aliás, nesta sua estréia, ele achou mesmo: a radiografia registrou uma fratura muito antiga de costela, que ele não teve tempo nem recursos para detectar na juventude. Minha mãe também está longe de ser hipocondríaca, e tem interpretações próprias das recomendações médicas, que lhe permitem combinar de forma saudável seus prazeres, como um bom leitão pururuca, com restrições alimentares que deveria seguir. Foi assim que crescemos, meus irmãos e eu, sem nem pensar em recorrer ao habitual dengo infantil, tão eficiente para chamar a atenção das mães preocupadas.

Não recomendo este modo de ser, ainda mais nos dias de hoje, nos quais os recursos são fartos e é quase uma obrigação dar atenção ao corpo. Também levo a sério as fatalidades, e assisti a irmãos que souberam lidar, de forma corajosa e digna, com problemas graves. Por outro lado, é inegável que o hábito de não aumentar a dimensão de um problema no dia-a-dia ajuda a forjar adultos mais práticos, mais voltados a viver a vida, em vez de se dedicar à autopiedade.

Felizmente, casei-me com homens saudáveis e dentro da média no que se refere à dramatização, mas, por terem sido, em ambos os casos, filhos muito especiais – cada um a seu modo –, e talvez pelo fato de terem percebido, muito cedo, que podiam chamar a atenção das mães mesmo nas doenças infantis mais triviais, tentaram comigo esta atenção extra – em momentos em que eu certamente não estava correspondendo às expectativas deles. No caso do meu primeiro marido, estou certa de que o auge de minha incompetência na dedicação ao parceiro se deu com o nascimento de nosso filho. Além da obsessão por ser uma mãe perfeita, o que só me levou à autocrítica extrema, já que eu nunca fazia o suficiente –, havia ainda os muitos compromissos dos quais não me livrei, no afã de ser a própria Mulher Maravilha. Em meio a essa loucura, eu esquálida e descabelada, tentando dar um jeito no caos, lembro-me de meu então marido comentar que estava gripado. Pausa: não me lembro das palavras exatas, mas deve ter sido uma frase trágica como só os escorpinianos sabem construir. Por exemplo, se ocorresse um corriqueiro corte no dedo em suas aventuras na cozinha, anunciava: *estou me esvaindo em sangue*! Tinha seu lado cômico, e em geral nos divertíamos com sua verve teatral, mas, por ocasião da tal gripe, ressentido por minha falta de atenção, acrescentou, em tom solene, que eu não me importava com ele. Pois foi a chance para eu resumir o que sentia, do alto do meu estresse: *dê-se por feliz por ter tempo de ficar doente. Eu não posso me dar a esse luxo.*

O Lima, meu segundo marido, já veio com um currículo e tanto: orgulhava-se por já ter se quebrado 20 vezes, e trouxe como dote um kit-acidente, composto por muletas, faixas e outros apetrechos. Senti que iria dar trabalho, especialmente porque era dado a saltos de pára-quedas, rapel e outras maluquices. Para minha (boa) surpresa, no entanto, seus ossos se fortaleceram de uma hora para outra, e eu nem precisei pôr em prática a velha técnica de minha mãe. Mas, como ninguém é de ferro, já houve ocasião para algum charme.

Lembro-me de certa vez em que começou a reclamar de dor num braço. Claro, preocupei-me, e pedi que procurasse um especialista. O Lima não é médico, mas ninguém o avisou ainda, de sorte que ele primeiro fez o diagnóstico – algo grave, com certeza – e usou seus próprios métodos, alguma pomada e uma tala de seu kit. Enquanto isso, continuavam as lamúrias pela dor *lancinante*. Depois de um dia todo de reclamações, ele me lembrou que tínhamos uma festa de um amigo querido, à noite. Respondi, definitiva, que lamentava muito não podermos ir ao evento, uma vez que seria impensável sair com ele *naquele estado*. Ele me olhou, muito decepcionado, uma vez que dá a alma por uma festa, e me disse que poderíamos reconsiderar caso ele melhorasse. Pois não é que o braço teve melhoras significativas e rápidas? Foi um fenômeno tão surpreendente que pudemos, sim, ir à festa. Claro, ele não tirou a tala, porque neste caso teria de explicar um verdadeiro milagre. A festa foi ótima, não apenas porque pude rever amigos, mas porque havia muitos médicos presentes, e o Lima pôde, enfim, discutir seu problema com profissionais, não com sua mulher, que não passa de uma charlatã insensível.

troca-troca

Caso você, leitor, atraído pelo título, tenha pulado do índice diretamente para esta crônica, aviso já, para não ser acusada de propaganda enganosa: não é o que você está pensando. Meu objetivo aqui é apenas falar sobre como as mulheres e os homens podem permutar papéis tradicionais.

Provavelmente por ter convivido desde que nasci com muitos irmãos do sexo masculino, e como sempre fui considerada por eles como igual, não entendia certos tratamentos diferenciados. Nunca tive de me esquivar, como muitas mulheres, da chatice de irmãos mais velhos, que se acham no direito de "tomar conta" das irmãs, como se estas fossem débeis mentais. Claro, eles eram mais cuidadosos comigo no jogo de futebol, sei que maneiravam na marcação "homem a homem", mas era só. Preocupei-me um pouco, embora tenha me divertido, quando um dos meus irmãos me contou que um amigo comum havia comentado com ele: *Sua irmã é uma amiga muito legal, mas não dá para casar com ela, né? Você já pensou chegar em casa à noite e ainda ter de discutir assuntos difíceis, política, direitos humanos, essas coisas? Dá muito trabalho...* Tentei levar na boa, entender como um traço, não necessariamente um defeito – embora talvez esse traço pudesse dificultar minhas chances de casamento.

De fato, muito cedo tive dificuldade em entender certas convenções. Quando, pela primeira vez, meu marido me informou que iria para o bar com os amigos, respondi: *Sim, claro, vamos lá*. Ele me olhou espantado: *Como assim, vamos lá?* As mulheres de seus amigos não iriam, mas, acostumada que era a estar entre os amigos de meus irmãos, eu não via nada de errado em partilhar bons assuntos e uns chopinhos com o Serjão, o Rubão e o Carlão. Política? Era minha especialidade. Futebol? Na época eu entendia horrores (aliás, meu então marido era um zero à esquerda nesse quesito, eu poderia até ajudá-lo). Talvez o grupo só se sentisse constrangido em falar de mulher. Sei que há encontros exclusivos de Luluzinhas e de Bolinhas, respeito e gosto da idéia (aliás, tenho o meu clube há vinte anos), mas não se tratava de invadir espaços naquele momento. A questão era de estabelecer as formas de convivência. Meu primeiro marido teve de explicar que não estava acostumado ainda, que precisava de um tempo.

Ao se casar comigo, ele também ganhou grátis um projeto de consultoria: seus três carros caindo aos pedaços foram vendidos e se transformaram em um novo, que demandava muito menos manutenção. Meio apartamento maravilhoso na praia transformou-se num pequeno em São Paulo, quitado, livrando-nos do aluguel. Também implementamos mudanças de logística: os pais dele, que moravam na praia e obviamente demandavam a visita do filho único nos fins de semana, mudaram-se para a cidade dos meus, de forma que podíamos ter a companhia das duas famílias de uma vez só.

Reconheço que eu era uma chata na pregação de divisão justa das tarefas domésticas, já que tinha lido bastante coisa a respeito dos efeitos da Revolução Chinesa e da Cubana sobre o comportamento dos homens — tudo balela para impressionar mocinhas inocentes, como eu viria a descobrir depois. Felizmente, fui sumariamente ignorada. Embora eu tenha conseguido avanços no que se refere à tradicional servidão ao marido (como relatei em "Guerra dos sexos"), nenhum dos homens que conviveram ou convivem comigo — seja parceiros, filhos ou irmãos — dividia ou divide coisa alguma no que tange à administração da casa; sobra quase tudo do "tipicamente feminino" para mim. Claro que eu terceirizo, delego ou resolvo pela internet e não aceito reclamações dos "clientes" sobre a qualidade dos serviços. Mas desisti definitivamente de lutar por igualdade, até porque reconheço minha incompetência em cumprir o pacote oposto, que seria exercer as antigas funções típicas masculinas. Para começar, dirijo como um japonês de chapéu, míope e bêbado; portanto, não posso fazer as vezes de motorista da casa. Pior — e isto é uma vergonha completa —, equipamentos de qualquer espécie são grego para mim. Já passei pelo vexame de ouvir meu filho, com menos de três anos, ensinar-me a ligar o aparelho de DVD (ele dizia: *Aperta o "pei", mamãe*).

De qualquer forma, é muito bom constatar que agora temos a contribuição de pilotas e caminhoneiras concorrendo no mercado e ver os homens, cada vez mais metrossexuais, preocupados em esconder a calvície e a barriga de chope, ou ocupados com afazeres antes só reservados a mulheres. Quem sabe partilhar os cremes do armário do banheiro venha a abrir caminho para outros tipos de companheirismo.

engraçadinhos

Recentemente li, com preocupação, matéria com resultados comparativos de pesquisa sobre as diferenças entre homens e mulheres em relação a expectativas de comportamento. Descobri que eles não gostam que tentemos ser engraçadas. Este traço deve ser atributo masculino, usado como ferramenta de competição entre eles, e forma de exibição da inteligência deles para as fêmeas (*A Sedução do Humor*, Revista *Veja* de 12/10/2005). Ninguém me ensinou isso antes, agora já foi, paciência.

Brincadeiras à parte, essas conclusões referem-se à maneira pela qual os homens se tratam, com alguma natural agressividade embutida. Eles se chamam fraternalmente de barrigudos, carecas etc. Por outro lado, é impensável que duas amigas continuem amigas se uma chamar a outra de gorda, enrugada ou algo do gênero. Não há espírito esportivo que resista, no caso feminino.

Ao que parece, os homens tiveram de pagar um tributo maior dentro do processo civilizatório pelo qual passou e passa a humanidade. Inicialmente, o homem das cavernas podia arrastar suas fêmeas pelos cabelos, e não havia polícia alguma para o impedir de atacar ferozmente outros machos. Mais tarde, seguindo a passos largos na linha do tempo, as regras obrigariam os homens a deixar suas mulheres protegidas entre muralhas, enquanto eles seguiam em aguerridos e excitados grupos, cheios de lanças e escudos, para atacar os times inimigos, em nome de conquistas e interesses políticos. O volume crescente de normas da vida em sociedade foi construindo paredes para conter o livre exercício da agressividade, até que, a partir de um certo momento da História, apenas se justifica a reação em legítima defesa. Claro que a evolução não é assim linear, nem os resultados tão universais, de forma que há nichos de pré-história convivendo com ONGs que defendem os direitos dos animais, ou notícias sobre violência contra mulheres e crianças ao lado de manchetes sobre novos pactos de não-agressão entre países.

O fato é que, após milhões de anos, ainda há um troglodita escondido sob a pele de cordeiro do homem pós-moderno, alerta e com sua lança em riste. A agressividade tem suas válvulas de escape saudáveis, como são as disputas esportivas (e mesmo assim tentamos nos convencer de que o importante é competir, não ganhar), mas foge ao controle quando grupos de torcedores atacam outros, como se fossem cruzados, ou quando um motorista dispara impropérios contra outro no trânsito, como se estivesse num tanque de guerra.

Pensando no assunto, inspirada pelo artigo citado no início desta crônica, concluí que, apesar da lentíssima transição, deve ser difícil para a virilidade masculina ter sido compelida a abandonar as cavernas, puxando a fêmea pelos cabelos, e hoje ter de discutir a relação! Decidi, assim, que o preço a pagar para manter dormente o troglodita é baixo: se eles precisam da exclusividade na exibição de espirituosidade, ficarei bem quieta e apenas demonstrarei o quanto gosto de suas brincadeiras. Em resumo: perderei a piada, mas não os amigos.

A Velhinha de Taubaté não morreu!

Em agosto de 2005 o escritor gaúcho Luis Fernando Verissimo "matou" uma de suas impagáveis personagens, a Velhinha de Taubaté. Pudera, seria mesmo difícil ela resistir a tamanho golpe, ao desmascaramento de uma extensa teia de relações escusas que permeia boa parte das relações políticas no Brasil. Fato que acabou de vez com qualquer credulidade dos cidadãos — mesmo com a da meiga senhora — nas já combalidas instituições públicas. Confesso que também fiquei muito decepcionada e, para completar, desanimada com o que terei de agüentar por parte dos mal-humorados de plantão, agora no auge da razão (*Eu não disse que político nenhum presta?*). Como diz Millôr Fernandes, é mais vantajoso ser pessimista, porque este sempre se dá bem: quando acerta e quando erra. Quanto à Velhinha, no entanto, quero registrar que, como Elvis, ela não morreu. Sim, porque parte dela sobreviveu em mim, não no que se refere às instâncias políticas (essa não tinha mesmo salvação). No meu caso, a fé ingênua aplica-se às relações pessoais.

Entendo que a questão da fidelidade é a mais complicada das relações a dois, exceto se existir firme convicção — religiosa ou de outro tipo — de ambos, na linha de que a escolha do par é inquestionável, e blinda a pessoa contra todas as tentações posteriores que a vida oferece. Declaro logo que não tenho solução para o assunto e, exceto pela via da frase anterior – a fé inabalável na regra da fidelidade –, não conheço quem a tenha. Uma coisa é certa: a pior das vias é a tradicional, pela qual o casal jura fidelidade eterna e depois ambos ou um deles – em geral o homem – rompe o acordo. É hipócrita a lei da fidelidade que aprendemos desde a infância, às vezes escorada em exemplos esdrúxulos de fidelidade em espécies animais.

Sim, como noventa por cento das mulheres (e uma parcela incerta de homens), já fui traída de verde e amarelo. No entanto, para mim, não foi a preferência por outra (ou outras) o que mais me atingiu. Embora não seja fácil suportar a sensação de rejeição, é bobagem ignorar que o mundo está cheio de mulheres mais bonitas que eu, mais inteligentes, mais interessantes ou que, simplesmente, representem novidade para o homem (e há milhões de "novidades"). Tampouco foi o fato, para mim particularmente complicado – já que não me vejo no papel de vítima –, de o mundo me olhar com pena (e em alguns casos, no íntimo, considerando-me otária mesmo, por ser a última a perceber o óbvio). O que me atinge em cheio, como um dardo envenenado, não diz respeito ao mundo, mas ao próprio relacionamento: trata-se da quebra do contrato implícito na relação, em geral exigência de quem o descumpre, aliás. O que lamento, em resumo, é que não seria preciso a hipocrisia, bastaria um contrato diferente – embora desconheça algum com garantia de funcionamento, dado que, em qualquer modelo, as premissas masculinas são diferentes das femininas.

Se o contrato tradicional não funciona, as experiências conhecidas de casamento aberto também não se mostraram exatamente um sucesso, ao menos como exemplo prático a ser seguido pela maioria. A união entre o filósofo J.-P. Sartre e a feminista Simone de Beauvoir foi talvez a mais famosa delas. Em 1930, o casal estabeleceu um contrato de convivência de dois anos, pelo qual se comprometeram a ser transparentes e honestos um com o outro, sempre. Do ponto de vista da estabilidade e longevidade, a relação foi sem dúvida bem-sucedida. No entanto – e sem querer desmerecer o feito –, as condições objetivas facilitavam, e muito, a experiência: primeiro, tratava-se de intelectuais, que desfrutavam, portanto, de um meio social adequado e receptivo. Além disso, seria uma relação vivida em casas separadas, e sem filhos, o que, convenhamos, facilita bem as coisas. Ainda assim, mesmo essa relação especial previa limites: os casos com terceiros ou terceiras deveriam ser pontuais, mantendo-se o relacionamento entre ambos como o efetivamente importante. De longe, parece uma repetição, bem mais civilizada, do modelo tradicional: os casos de Sartre foram mais freqüentes, ou ao menos tiveram mais publicidade que os dela. Ele justificava que, apesar de experimentar as outras, "o mundo eu o vivia com você". Quanto a ela, relatam os críticos, espelhou suas mazelas em seus escritos, especialmente em sua novela *A Convidada*, na qual a presença de uma jovem – a outra – promove erosões no relacionamento de um casal.

No caso tupiniquim, um exemplo de relação aberta revelou-se, em livro só recentemente lançado, um completo engodo. De fato, Patrícia Galvão, a Pagu, um dos ícones do modernismo, que imaginávamos uma musa feliz em sua postura vanguardista, incendiária e independente, também nos expôs os dramas vividos em seu convívio conjugal de poucos anos com Oswald de Andrade. "Oswald estava com uma mulher. (...) Apresentou-me a ela como sua noiva. Falou de nosso casamento no dia imediato. Uma noiva moderna e liberal capaz de compreender e aceitar a liberdade sexual. Eu aceitei, mas não compreendi. Compreendia a poligamia como conseqüência da família criada em bases da moral reacionária e preconceitos sociais. Mas não interferindo numa união livre, a par com uma exaltação espontânea que eu pretendia absorvente (...) O meu sofrimento mantinha a parte principal da nossa aliança. Oswald não era essencialmente sexual, mas, perseguido pelo esnobismo casanovista, necessitava encher quantitativamente o cadastro de conquistas. Eu aceitava, sem uma única queixa, a situação." (*Paixão Pagu*, Agir, 2005)

Em crônica recente, Danuza Leão expôs de forma clara sua posição no assunto: "Pois eu espero que o homem que me trair tenha a delicadeza de negar sempre. Não me interessa que ele seja sincero e verdadeiro; quero achar que ele nunca me traiu, e para isso ele pode (e deve) mentir descaradamente, dizer que estou pirada, que caia um raio em sua cabeça se estiver mentindo. Como nenhum raio vai cair mesmo, ele pode falar à vontade; eu vou acreditar em tudo e ficar bem feliz". ("Não me contem", Revista *Claudia*, Editora Abril, julho de 2005)

O fato é que não se trata de um tema fácil. E o que fazer, se aparentemente partimos de premissas diferentes? Mulheres querem a exclusividade romântica e, mesmo quando se sentem decepcionadas, arcam com custo alto na traição: a condenação social ainda é maior que a sofrida pelos homens, há os filhos a considerar etc. Também já vi traição feminina por pura vingança, o que significa que, no fundo, a referência continua a ser o parceiro anterior. Quanto ao homem, trai porque isso lhe traz prazer, ou para sentir o orgulho da sedução (e poder contar a outros homens) ou, como se justificou Bill Clinton: *Porque podia*. Esta predisposição pode ainda ser usada como forma de agressão ao parceiro, dentro da dinâmica que se desenvolve em cada relacionamento específico. Se não, o que explicaria a necessidade que alguns têm de mostrar ao mundo, e especialmente à parceira, que estão descumprindo o acordado?

Talvez o máximo que se possa fazer é ser civilizado. Seria inviável, eu sei, mas não custa brincar com a hipótese de uma sociedade na qual se pudesse optar entre tipos de contrato de convivência. Na formalização do casamento, os parceiros teriam de concordar com o modelo a ser seguido: ( ) casamento fechado e, se houver deslize, não contar ao parceiro; ( ) casamento fechado e, se houver deslize, contar ao parceiro; ( ) casamento aberto sem relato dos casos; ( ) casamento aberto com relato dos casos.

Mas sei que, no fundo, além de ser impossível, querer organizar o caos da infidelidade no papel, mesmo que uma das opções seja a pluralidade anônima, representa o máximo do controle (nesse caso, trair seria não trair e contar...). De minha parte, repito, não tenho a solução, mas somente a premissa de que um parceiro deve respeito ao outro. E, apesar de tudo, seguirei como a Velhinha de Taubaté. Afinal, a vida perde a graça se eu não puder acreditar, seja qual for o tipo de contrato. Não vale a pena viver sem confiar.

Sogras

Não tive as experiências clássicas com sogras, infelizmente. Digo infelizmente porque acho que quem está na chuva é para se molhar: já que é para viver a experiência do casamento, o interessante é fazê-lo por inteiro. No meu caso teriam sido fortes, a crer na evidência de que eram supermães (como eu sou), que criaram filhos mimados. Na verdade, em meu primeiro casamento, convivi com minha sogra quando ela já estava doente e não mais lúcida. Nossa forma de comunicação eram principalmente os chocolates que eu sempre lhe dava, e que ela adorava. Retribuía com um olhar afetuoso e com palavras em húngaro que significavam algo como: *Boa menina*! Quanto ao segundo casamento, ambos os pais do Lima já haviam falecido quando o conheci e convivo apenas com suas imagens, a de uma mulher generosa e tolerante cujo parceiro era uma espécie de John Wayne.

O que mais se aproximou da relação com uma sogra foi, na verdade, a que tive com meu primeiro sogro. Era um imigrante polonês com uma trajetória de vida sofrida, como a de todos que passaram por guerras. Ele e minha sogra haviam chegado ao Brasil já quarentões e só então, sob a proteção dos trópicos, tiveram seu único e, portanto, especialíssimo filho. Explicável, assim, ele ter tentado me ensinar como tratar de meu então marido. Cozinheiro de mão-cheia, nos fins de semana me convidava à cozinha e eu assistia a ele na preparação de iguarias. Ele me explicava tudo, tintim por tintim. Eu o ouvia calada e prestava a maior atenção, com olhos de coruja. Seria inútil, eu sabia – e ele também se daria por vencido, passadas algumas lições. Dava-me também sábios conselhos sobre como uma esposa deveria dedicar-se integralmente ao marido e à família. Eu me dedicaria, é claro, essa seria sempre minha prioridade, mas sem jamais abrir mão de milhões de outras atividades. Assim foi que, aos vinte e poucos anos, eu era uma ensandecida que trabalhava fora e fazia mestrado, além de, nos fins de semana, participar de reuniões políticas – levando a tiracolo um lindo filho de um ano.

Num domingo, em que fomos provar mais um delicioso almoço na casa de meu sogro, ouvi uma "animada" conversa em húngaro entre ele e o filho, como às vezes acontecia. Para quem nunca ouviu: não dá para entender uma vírgula sequer. Eles poderiam estar falando sobre mulher, futebol ou religião, e eu jamais saberia o assunto. Mesmo assim, dava para perceber que não concordavam entre si, fosse qual fosse o tema – e o resultado foi ficarem sem se falar por alguns dias. Achei que tal eloqüência não havia sido sobre a escalação da seleção de futebol da Polônia, mas fiquei na minha. Tempos depois, meu então marido me contaria: o motivo era eu. Para resumir sua discordância com meu engajamento contra a ditadura – inevitável no efervescente início dos anos 80 −, meu sogro havia citado um ditado de sua terra, bem machista, por sinal, cuja tradução seria algo como: *Quando tudo está bem, a mulher compra uma cabra*. Fiquei orgulhosa por ter meu marido a meu lado, literalmente − de apolítico, eu conseguiria até arrastá-lo junto para minhas andanças. Também entendi que, em outros tempos, eu estaria entre as bruxas que iam para a fogueira. Quanto ao meu sogro, convivemos pacificamente até o fim − eu aproveitando seus ótimos pratos e suas histórias, ele tendo desistido de ser meu professor.

Hoje em dia, já estou invertendo os papéis: sou uma quase-sogra. O melhor dessa experiência tem sido constatar que não tenho nada de relevante para ensinar à namorada de meu filho. Na verdade, conto com ela exatamente para o oposto, ou seja, para exercer o papel que eu não soube ou não pude ter na vida dele. Sei que tentei e tento passar o melhor para ele, mas há um limite além do qual uma mãe não sabe ir. Há certos saltos para a maturidade que só uma musa muito especial pode inspirar. Só ela sabe ser fada e usar varinha de condão onde eu só poderia agir como bruxa. Vejo quanto essa musa é importante para ele e rendo graças ao poder do novo feminino (aliás, só para alguém especial eu emprestaria minha fantasia de Mulher-Gato). Porque o mínimo que posso sentir em relação a ela é uma gratidão eterna, do tamanho do mundo.

Golbery

Como quase todos os que viveram sob a ditadura militar, eu tinha ojeriza pelas figuras uniformizadas e soturnas que representavam o poder naqueles tempos obscuros. Ainda assim, mantinha uma envergonhada e secreta admiração pelo papel do onipresente Golbery do Couto e Silva, o famoso estrategista do período militar e chefe da Casa Civil do presidente Ernesto Geisel. Claro que não apoiava suas idéias nem sua atuação em período tão nefasto de nossa história política. Admirava, apenas e tão-somente, o mito de eminência parda que o envolvia. Os comuns mortais, como eu, não tinham noção exata do que ele tramava, era raro ouvir sua voz, mas a mística era que, por trás das fileiras de peitos pesados de medalhas, o verdadeiro poder emanava dele. Além do atrativo que o mistério sempre traz, eu imaginava como são diferentes essas figuras que, nos bastidores, se satisfazem com o prazer solitário de se saberem poderosas. Ao contrário da média, para essas personalidades raras não vale a satisfação de exibir ao mundo o poder, de despertar olhares de curiosidade e reverência onde estiverem, até mesmo de usar esse poder para obter vantagens pessoais, em alguns casos. Basta-lhes a silenciosa satisfação de saber, intimamente, que mexem com destinos, por trás dos fantoches que manipulam. Obviamente, as eminências pardas famosas, que se tornam mitos, já não são tipos puros, porque não são mais anônimos e, portanto, não podem se manter mais tão pardos assim. O mundo passa a saber de seu poder – embora não conheça seus detalhes – e até a exagerar sobre seus contornos, como se em tudo houvesse a sombra desses magos.

Pensando a respeito, concluí que o papel feminino dentro da família muitas vezes tem esse perfil, embora as mulheres ignorem o fato. O imaginário popular costuma construir anedotas didáticas sobre o tema, como na seguinte, que usa figuras ilustres da vida pública norte-americana: estavam Bill e Hillary Clinton numa auto-estrada e resolveram parar para abastecer (inverossímil, mas piada é piada). De repente, Hillary e o frentista se cumprimentam efusivamente, e começam a rememorar os tempos de escola, quando haviam sido colegas. De volta à auto-estrada, Hillary explica que também tinham sido namorados, e Bill comenta: *Querida, que sorte você teve. Poderia agora estar casada com um frentista.* Ao que ela responde: *Meu amor, se ele tivesse se casado comigo, hoje seria o presidente dos Estados Unidos...*

No caso feminino, o papel de eminência parda muitas vezes se combina com o de diplomata, de *expert* em negociações. Minha mãe sempre foi um exemplo. Meu pai, sem dúvida, era e é a autoridade máxima, embora, com o tempo e a maturidade, a necessidade de demonstrar essa supremacia tenha diminuído muito, o que desnudou uma pessoa muito mais doce e aberta. É preciso reconhecer que não é fácil sustentar uma família grande, com muitos filhos aos quais transmitir valores com muita firmeza — e ele sempre teve certeza sobre quais valores devia passar, ainda que, em alguns momentos, com certa dose de impaciência e pouca conversa. Nos bastidores, ano após ano, minha mãe era uma ótima "articuladora política". Sabia de tudo, inclusive das muitas confusões que um bando de adolescentes e crianças em conjunto podia aprontar, e sempre dava um jeito de a questão se resolver sem recorrência às "instâncias superiores" — embora os limites pudessem vir dessa possibilidade (*Se seu pai souber...*). Outra anedota norte-americana em voga nos anos 50 mostra que o exemplo é uma constante: respondendo a uma pesquisa sobre quem toma as decisões importantes na casa, a mulher diz que é o marido, *é claro*. Então o pesquisador lhe pede exemplos de decisões tomadas por ela e das tomadas por seu marido: *Bem, eu apenas decido em qual escola nossos filhos devem estudar, para onde vamos nas férias, se devemos comprar um carro novo ou guardar dinheiro para comprar nossa própria casa, esse tipo de coisa. Já meu marido toma as grandes decisões da família: se os EUA devem reconhecer a China Comunista, nossa posição no conflito do Oriente Médio etc.*

No meu caso, com a arrogância da juventude, parti para o ataque com tudo, ignorante de que há formas menos ostensivas, mas bem melhores, de obter resultados. Para provar que eu dividia o poder em casa, tinha enfrentamentos bobos, que hoje soam ridículos. Lembro-me, por exemplo, de quando, recém-casada, saí à procura de um apartamento maior, visto que planejávamos um filho. Eu tinha vinte e dois anos. Entrei no estande de um prédio ainda em construção. O corretor me mostrou plantas e preços, com visível desinteresse. Ao final, quando eu já me despedia, ele disse a frase fatídica: *Diga para seu pai passar aqui amanhã e eu explico tudo a ele.* Meu sangue ferveu. Aquele energúmeno achava que eu não servia para nada. Revendo a cena com os olhos da maturidade, ela soa engraçada: que diferença fazia a opinião daquele desconhecido? Pois voltei no dia seguinte, com meu então marido, e fiz questão de fechar o negócio e pagar o adiantamento com o meu cheque. O corretor ficou muito satisfeito com a venda e com certeza nem percebeu o meu "protesto". Felizmente o apartamento era mesmo bom, e viveríamos muitos anos ali. Outro exemplo de rebeldia me traria culpa, embora não tenha sido nada grave. Num dos censos, recebi a visita do entrevistador do IBGE. Eu tinha acabado de ter uma rusga com meu então marido, uma disputa qualquer sabe-se lá por quê. Quando perguntada sobre quem era o cabeça-de-casal, não tive dúvidas: era eu, obviamente. Não me lembro mais de qual era a definição do termo, mas me recordo de ter sido bem agressiva na interpretação para poder me encaixar como a chefe. Depois dessa pequena e inútil vingança, eu me senti mal: também trabalhava com pesquisa acadêmica na época e, embora sabendo que minha resposta não seria suficiente para abalar resultados estatísticos nacionais, senti-me uma criminosa.

Hoje, já madura, quando finalmente me convenci de que não mando nada em casa, ninguém acredita. O Lima, meu marido, vive repetindo que a última palavra é sempre dele: *Sim, querida!* Pura difamação. É verdade que eu tomo as decisões práticas do dia-a-dia, mas discuto democraticamente, até vencer os resistentes pelo cansaço, em toda e qualquer questão relevante. Além disso – e mais importante – não tenho dúvida alguma de que, como boa mãe, sou totalmente pautada pelos interesses da filharada *latu sensu* e, quando sou levada a algum ato de autoritarismo, é sempre para impor: *Vou atender ao seu desejo, e não se fala mais nisso!*

afinal, o que quer uma mulher (ou um homem)?

Conversas de botequim podem nos ensinar muito, inclusive sobre o casamento. Foi numa delas que vi, encenados, os desejos de homens (e, por analogia, os das mulheres) no dia-a-dia dos relacionamentos. Como acontece com freqüência nesse tipo de fórum, o assunto era a diferença entre os sexos. No animado grupo em volta da mesa, dois amigos com bons dotes artísticos protagonizaram uma cena hipotética de um paradisíaco casamento entre homens — na condição masculina mesmo, não entre gays. Simularam telefonemas recíprocos ao longo do dia, durante os expedientes.

Um dizia:
— *Querido, você não sabe, tenho dois ingressos para o jogo do Palmeiras de hoje.*
— *Uau, amor!*, respondia o outro. — *Que maravilha! Passo às sete para te pegar e vamos juntos.*

Outro telefonema:
— *Paixão, você não sabe o que eu comprei!*
— *Nem imagino a surpresa.*
— *Um equipamento de som novo, com o mixer que você tanto queria.*
— *Nooossa! Se você começar a ler o manual sem mim eu te mato...*

É isso. O sonho dourado de um homem é se casar com um ser híbrido, uma espécie de Dr. Jekyll/Hyde, com a diferença de que essa personalidade Frankenstein conteria dois opostos "do bem": durante o dia, o melhor amigo, alguém que compartilhe os prazeres infanto-juvenis dos quais eles tanto gostam, sem recriminações. Além do futebol e dos brinquedos eletrônicos, o marido poderia tomar incontáveis cervejas diante da TV, coçando o saco e dizendo impropérios, sem que a mulher o fitasse com mensagens cifradas do tipo *Olha o exemplo para as crianças*. Mas à noite, ah!, à noite, esse parceiro perfeito se transformaria num corpo maravilhosamente sinuoso e arredondado, sedutor e ronronante, sempre numa estampa diferente: uma vez como Sharon Stone, na seguinte como a Mulata Globeleza, às vezes a jovem revelação da novela, e assim por diante. Todas com poucas palavras e muitos olhares. Esse é o verdadeiro paraíso masculino.

O sonho também funciona para mulheres, às avessas. Que maravilha seria conviver todos os dias com aquela amiga especial, cúmplice a ponto de nos entender só com o olhar. Mesmo que a divisão das tarefas fosse perfeita, em qualquer emergência bastaria ligar para a parceira e pedir:

— *Você pode pegar as crianças na escola? Estou superatrasada.*
E, em vez de uma resposta rosnada, do outro lado viria o som doce como música: *Claro, meu amor, eu estava mesmo louca para dar uns beijos naqueles dois fofinhos!*

Ou então, no meio do dia:

— Querida, já planejei tudo: hoje no fim do dia reservei cabeleireiro para nós duas e, depois, vamos ao shopping. Você sabe, já começou a liquidação de inverno. Minha mãe topou ficar com as crianças.

Mas, ao soarem as badaladas das oito da noite, a meiga parceira se transformaria num Sean Connery (ou algum similar mais jovem, ao gosto das novas gerações), lindo e perfumado, com flores nas mãos e algumas frases, ditas em voz grave, que elevariam qualquer mulher às nuvens. Às vezes, proporia algo ingênuo, como ir ao cinema e namorar, só mãos dadas e selinhos. Às vezes, imporia uma programação mais latina, com firme delicadeza. Seria difícil uma mulher não se sentir a melhor do mundo, mesmo na TPM.

Em resumo: com pequenas adaptações, queremos que nosso parceiro revele sua porção mulher ou seu lado masculino ao nosso bel-prazer, de acordo com a conveniência e o horário. Cada um de nós almeja um ser maravilhosamente esquizofrênico, feito sob medida — e do qual estaríamos fartos em pouco tempo (afinal, seria um tédio mortal ter atendidos todos os nossos desejos, a qualquer momento, e a vida não seria essa escola, cheia de crises e aprendizado).

pasta atômica

O tubo de pasta de dentes aberto e esquecido sobre a pia por um dos cônjuges – em geral, o homem – virou símbolo da leviandade dos conflitos dos casais. Esse inocente produto é capaz de ser o estopim de verdadeiras guerras nucleares em casa. Sabemos que o dentifrício não contém substâncias que, à simples visão, despertam o Incrível Hulk que mora em cada um de nós. Por que, então, é tão comum a ocorrência de desinteligências que, à primeira vista, parecem motivadas por irrelevâncias? Talvez porque os tubos – ou o que quer que seja o alvo das implicâncias em cada caso particular – sejam os catalisadores dos verdadeiros motivos...

Imagine um casal apaixonado em sua lua-de-mel. O pombinho esquece o tubo aberto e a pasta escorre sobre a pia do banheiro do hotel. A pombinha vai achar graça; certamente aquele cabecinha-de-vento estava pensando nela e nem se deu conta da lambança. Imagine ainda se o pombinho adormece e ronca – obviamente após muito sexo. Ela será capaz de passar horas vigiando o sono dele, encantada com o ronronar do leãozinho. Agora, avance o filme alguns anos e imagine as mesmas cenas. Ao lado do creme que se esparrama sobre a pia haverá uma tira de papel invisível, com a contabilidade acumulada no período. O duende contador que habita nosso cérebro aparece, sempre alerta para registrar débitos e créditos: aquela flor inesperada conta positivamente, mas e as cinco últimas vezes em que o parceiro chegou atrasado a deixou a parceira mofando? O jantar romântico à luz de velas é um enorme ativo, mas e a contingência gerada pelo furo na apresentação do filho na escola? Ou, na dinâmica oposta: receber atenção especial da mulher quando está gripado conta a favor, mas e as vinte vezes em que ela o destratou, numa crise de TPM que dura o mês todo? De tempos em tempos encerra-se o exercício fiscal, o casal fecha para balanço e muitas vezes o clima esquenta.

É comum, ao observar casais conhecidos, crucificar um dos parceiros, a partir da análise de uma única cena. *Nossa, como aquela mulher é chata! Só porque o marido bebeu um pouquinho a mais e ficou alegre, ela está furiosa. Que mal-humorada!* Pode ser que a pecha faça justiça à vilã, mas ninguém consegue saber, de fora, a quantas anda a conta-corrente na sociedade familiar. Parece exagerado explodir com o marido se a bebedeira é exceção – e quem não se excede às vezes? Mas, e se o enredo for reiterado, e não episódico? Para quem o vive no cotidiano, a primeira cena já é o prenúncio da tragédia final. Há um passivo a considerar.

E aí, como se desatomiza a pasta de dentes? No meu caso, o Lima sempre me sugere: *Vamos passar a régua, zerar tudo e começar de novo.* Impossível. Ninguém apaga os registros, exceto por amnésia. Como ocorre na contabilidade de uma empresa, quando a situação dos passivos não é boa, só equilibrando com bons resultados e ativos. Embora não seja fácil – se fosse, a convivência no dia-a-dia em geral não seria tão complicada –, a única solução é identificar os focos relevantes de desgaste e montar um plano de ação para que a bomba-relógio possa ser desativada, e a sociedade gere lucros – no caso, os bons momentos a dois.

Viúvas alegres

Provavelmente este é um fenômeno circunscrito aos nossos dias, mas quem não conhece uma respeitável senhora que teve um *upgrade* na qualidade de vida depois do, digamos, passamento do marido? Eu conheço várias. Lembro-me das viúvas do meu tempo de criança. Eram mulheres circunspectas, com longos vestidos pretos, combinando com o lenço preto na cabeça e com o rosto de expressão séria e grave. Compunha um modo de ver a vida: no passado, o único destino possível, ditado nas escrituras, era mesmo seguir em frente até o fim, com a eventual ranhetice do marido incluída no pacote. Era necessário manter discreta tristeza por um prazo, convinha esconder algum alívio – inclusive delas próprias – sob a negritude dos trajes.

Para as mulheres de hoje, as opções são várias – e nenhuma delas é garantia de felicidade, o que aumenta a insegurança em relação a decisões tomadas durante a vida. No limbo entre esses dois extremos, o determinismo do passado e o leque de opções do presente, estão mulheres que viveram o primeiro modelo, mas puderam espiar o segundo.

Em geral, como dita a regra estatística, as mulheres sobrevivem aos homens, razão pela qual há mais viúvas que viúvos. Muitas vezes, após a aposentadoria e tendo experimentado, como é comum aos homens, uma vida mais voltada à rua, ao externo, que à casa, o homem recolhido ao lar torna-se um chato. Como cachorro que corre atrás da roda do carro e, quando consegue alcançá-la, não sabe o que fazer com ela, alguns homens também não sabem bem o que fazer depois de conquistada a "liberdade". Em geral se deprimem, e descontam na parceira. Para elas, ao contrário, não existe a "aposentadoria", ao menos enquanto é necessário cuidar de alguém em casa: devem cozinhar, lavar, passar, atender aos caprichos do "homem da casa".

Talvez venham dessa alforria as viúvas que agora fazem a alegria dos agentes de viagens. Com a economia da pensão dos maridos, elas esbaldam-se em balneários, em viagens às cidades históricas mineiras, ao Sul, ao Nordeste, a todo lado. Ou freqüentam os chás e bailes nos clubes da terceira idade, felizes nos rodopios das danças de salão. Apesar disso, lamentam-se protocolarmente por não ter mais ao lado o finado — embora saibam que, nesse caso, estariam em seu papel tradicional de Gata Borralheira.

pescaria

Sempre quis entender o mistério da pescaria. Fico intrigada com o fato de tantos homens amarem de paixão a oportunidade de ficar horas sentados, olhar fixo no espelho-d'água, atentos a qualquer movimento, em meio a minhocas e varas, pelo prazer de ver um peixe sendo fisgado. Reconheço minha inferioridade no espectro humano e, na premissa de que pessoas interessantes sempre colecionam intensidades, sinto-me um pouco deficiente por não entender o espírito da coisa. Respeito e invejo.

Em casa a lógica se inverteu: minha mãe é alucinada por pescaria, paixão que transmitiu a quase todos os filhos homens. Hoje, com a prole já adulta, ela pode dar-se ao luxo de pescar todos os dias, no lago de seu sítio, ajudada por meu pai, que, mesmo sem partilhar do gosto, arranjou um jeito de se integrar ao hábito: ele compra os peixinhos e os alimenta diariamente, com religiosa regularidade. Depois, aguarda a pescaria e, juntos, desfrutam da refeição pescada. Ritual invejável, que só sessenta anos de companheirismo permitem. Além do deleite da pescaria, minha mãe ainda acrescentou um ingrediente pós-moderno que lhe permite divertir-se ainda mais: sempre que um peixe é fisgado, ela saca o telefone celular e informa a um dos filhos, que estão no trabalho, que se mataria para estar ali também.

Viagens para pescarias coletivas são o sonho de muitos homens – e o inferno das esposas, em especial as que, não entendendo o prazer, ficam imaginando o que estariam fazendo tantos homens juntos. No meu caso, meu ex e meu atual coincidem em não ser fanáticos pelo assunto, mas sempre tive planos, nunca realizados, de um dia convocar um grupo de amigas – incluindo algumas que não vejo há tempos mas que marcaram minha vida – para uma grande pescaria num lugar distante, dessas planejadas com antecedência, que envolvem encontros prévios.

Para começar, convidaria a Valéria, grande amiga de infância, tão corajosa e portanto diferente de mim. Para mim ela era uma espécie de mini-Indiana Jones de saias, sempre às voltas com bichos, incluindo sapos nojentos com os quais se entendia com espantosa naturalidade. Perfeita para lidar com os perigos do mato. Seria também imprescindível a Marilsa, amiga do peito de toda a adolescência. Planejadora de mão-cheia, certamente poderia se encarregar do orçamento, das negociações de preços de transporte e de outras decisões afins. A Clara, minha exótica amiga japa da faculdade, certamente poderia escolher o lugar e verificar questões legais, permissões do Ibama etc. A Teca, cúmplice eterna, se incumbiria da comida, e a Rô, quase-irmã, nos explicaria as motivações profundas daquele encontro. Não poderia faltar minha irmã de verdade e quase-filha Lelé e, por decorrência, minha sobrinha e quase-neta Analu. Pronto, está feito. Pensando bem, faltam ainda os filhos ainda pequenos das mães do grupo, que de jeito algum poderiam ficar alguns poucos dias sem nós: o Pedro, da Rô, e o meu Mateus. Com os filhos já crescidos nos contentaríamos em falar apenas umas seis vezes por dia pelo celular.

Muito bem, vamos supor que isso aconteceu, e que estou relatando a tal história, que ficaria assim: após alguns encontros nos quais tentamos planejar algo em meio à babel de estridências — incluindo a diversão extrema de comentar a perplexidade dos maridos e namorados —, estávamos com tudo em dia para a aventura. Excitadas como adolescentes, partimos sob os olhares descrentes e falsamente compreensivos dos parceiros. No fundo, sabíamos que todos eles estavam torcendo para que desse tudo errado — claro, sem extremos de acidentes perigosos.

Já alojadas em nossas barracas de *camping*, montadas a muito custo graças à habilidade da Clara, partimos, felizes, para nossa estréia na pescaria, a primeira de muitas que faríamos em uma semana. O problema inicial foi a gritaria geral quando a Rô abriu a lata de minhocas. Aquela profusão de fios viscosos era simplesmente nojenta! Não dá para entender a razão de os homens gostarem daquilo, embora os olhares brilhantes do Pedro e do Mateus denunciassem que algo no gene masculino explicava tal perversão. E como suportar o passo seguinte, que seria empalar o bichinho contorcionista com o anzol? O.k., era mesmo um animal feio e gosmento, mas nem por isso merecia aquele fim. Quase fundamos ali mesmo uma sociedade protetora para promover a campanha Salvem as Minhocas! A pobre Valéria foi quem salvou o programa, incumbindo-se da crueldade.

Vencida a primeira batalha, minhocas já na água, nada na primeira hora. Seria porque o falatório estava, digamos, um pouco excessivo, incluindo Analu, no auge da adolescência, tentando fazer o raio do celular funcionar naquele fim de mundo? Será que peixes não gostam de fofocas? Marilsa ponderou que talvez fosse essa a razão, e combinamos de ficar caladas, inclusive as crianças, por meio da brincadeira da "vaca amarela". Até que as coisas estavam indo bem, exceto pelo sol e pelos mosquitos. Assim não dá! Primeira parada para o empastamento geral com repelente, o que não é muito fácil de aplicar sobre a camada de protetor solar.

Mais meia hora infrutífera (ou no caso, impeixífera) e tivemos as primeiras baixas: a Teca desistiu e decidiu iniciar nosso almoço, e a Rô achou prudente que alguém se dedicasse a cuidar dos dois pequenos Neros que haviam sumido de nossa vista, certamente após ter combinado pôr em prática algum plano genial (idéias brilhantes que os meninos sempre têm, como jogar um sapo de uma altura considerável para testar sua capacidade de vôo ou amarrar um passarinho nas costas de uma pererecа para ver se aprende a pular etc.).

Uma a uma, as varas eram abandonadas à beira do rio (por que não inventam um anzol com alarme, de forma a evitar o tempo perdido da espera?). De qualquer forma, já era mesmo hora de comer alguma coisa, estávamos famintas, e a Teca havia prometido testar uma das receitas que havia aprendido em Paris! Eu não havia achado muito viável o local para testá-la, num fogão de *camping*, com panelas improvisadas, mas enfim, talvez ela tivesse feito um curso do tipo *restauration rapide*. A fome, como se sabe, é o melhor ingrediente, e foi o que nos salvou naquele momento difícil. Acabamos provando um prato realmente exótico. As crianças, nada comprometidas com a diplomacia, foram direto ao assunto: exigiram salgadinhos, aquelas bolinhas amarelas ensacadas, feitas sabe-Deus-do-quê, com consistência de isopor e cheiro de chulé.

A tarde já avançava, e confesso que a primeira a tocar no assunto fui eu: pescaria talvez não fosse um programa tão interessante como os homens querem nos fazer crer. Quem sabe não teriam inventado esse suposto prazer apenas para se livrarem de nós por uns dias? Que graça há em protagonizar cenas nojentas e cruéis e esperar horas para nada, em ficar com as unhas cheias de barro (e sabe-se lá do que mais), em ser picado por mosquitos, em dormir longe do conforto de nossas camas?

Meu discurso ia de vento em popa, a adesão começava a ser total, quando alguém notou que uma das varas balançava violentamente. Era, finalmente, um peixe! Corremos todas, disparando como se tivesse sido aberta a porta de uma loja em liquidação. A Marilsa empunhou a vara e puxou-a da água com toda a sua força. Um peixe prateado de bom tamanho se contorcia para tentar se salvar e caiu sobre os cachos dos cabelos da Rô. Gritaria geral, primeiro por causa do susto, a Rô tentando desembaraçar o bicho dos cabelos. Em seguida, os protestos pela crueldade. A sugestão de livrar o peixe do anzol e jogá-lo de volta na água foi aprovada quase por unanimidade (apenas as crianças, histéricas, queriam ficar com o brinquedo). Teca e eu aproveitamos para contar às demais e rir de um episódio antigo: estávamos as duas em Seul, na Coréia, sentadas no balcão de um maravilhoso restaurante, e resolvemos pedir lagosta – por mímica, apontando o desenho para o *maître*, já que era impossível a comunicação verbal. Em alguns instantes volta o homem com uma enorme e esperneante lagosta viva para que aprovássemos o produto. Foi imediato: nós duas gritamos como loucas, para espanto do oriental. Aprovamos rápido, para tentar nos livrar da cena, mas haveria mais: em nossa frente, ele sacou uma faca de bom tamanho e, em segundos, esquartejou o animal, atirando suas partes em movimento sobre uma chapa quente. Um horror! Cada uma comeu dois pedacinhos, só para poder sair correndo daquele lugar de loucos. O fim da história de nossa viagem coincidiu com o barulho provocado por um balé aquático, conseqüência da traquinagem de nossos dois capetas, que tinham derrubado todas as iscas na água. Lindos demais aqueles peixes, uma injustiça privá-los daquela dança (embora tenha sido à custa das pobres minhocas...).

Como era inevitável, voltamos à cogitação de nossas conversas anteriores ao evento frustrado do único peixe fisgado, e uma de nós resolve explicitar o que todas já estavam pensando: por que não abandonamos de vez este programa de índio? Aliás, se fosse programa de índio estaria ótimo: eles costumam tomar banhos coletivos nos rios, deitar-se em redes, fazer festas etc. Ovação geral de apoio, mas a Clara ponderou: se voltarmos já para casa, no primeiro de seis dias de pescaria, e sem peixe algum, será a glória para nossos parceiros, a confirmação de que somos um fracasso, de que não sabemos nos virar sem eles. Ela tinha razão. Pensa daqui, sugere de lá, e em poucos minutos conseguimos eleger a proposta vencedora: iríamos todas (e todos) para a cidade mais próxima, onde certamente haveria um bom hotel com camas confortáveis e piscinas, além de um shopping center, com muitas lojas, nas quais poderíamos nos refestelar em caminhadas − e ainda perder peso. Decisão tomada, batemos o recorde mundial de velocidade em desmontagem de barracas e arrumação geral para partir.

Seriam dias inteiros de muita conversa e risada, além de planejamento: como sustentar com os parceiros que estávamos mesmo na pescaria? Os peixes podíamos arranjar num mercado, tomando o cuidado de apagar carimbos do SIF, mas como esconder tantas sacolas e pacotes de compras? E, pior, como fazer dois moleques linguarudos guardar segredo? Desde a primeira, nossas pescarias anuais se tornariam um sucesso, para desespero do Clube do Bolinha. O único inconveniente seria para a Rô e para mim, vítimas de chantagens de nossos pimpolhos, a exigir quantidades enormes de balas e pirulitos em troca de silêncio.

até que a morte nos separe

O casamento dos meus pais tornou-se uma referência pesada para os filhos. São quase sessenta anos de convivência, e nenhum de nós nunca os pilhou numa rusga sequer. Irreal, surreal, sei lá. Na verdade houve aí uma combinação especial e rara: ele foi um déspota esclarecido que soube aceitar com bom humor o estilo caótico de gestão caseira dela. Ela, uma diplomata, soube administrar com igual bom humor o autoritarismo dele.

Ouço com freqüência que hoje em dia casamento não dura, tem data de validade, antigamente os relacionamentos eram diferentes etc. Sem negar que os valores e a importância da família eram outros, é inegável também que a possibilidade de escolha desnuda a hipocrisia de muitos relacionamentos. Em primeiro lugar há um dado fundamental: em muitos casos a mulher não depende mais financeiramente do homem. Ou seja, essa questão, a financeira, não tem o peso de antes, e agora uma parcela das mulheres pode decidir estar ao lado de um homem por outras razões que não a própria sobrevivência. Aliás, pesquisas recentes no Brasil mostram que a situação socioeconômica de mulheres solteiras é superior à das casadas. Agora, provavelmente, resolvemos o problema da autonomia e criamos outro: o da solidão.

Stephen Kanitz tratou do assunto de forma criativa no artigo "O contrato de casamento". Seu argumento é que a promessa implícita no contrato de casamento, a de amar o outro para sempre, deve funcionar como um seguro contra a incerteza futura. Ao escolher o parceiro de toda a vida, em geral ainda na juventude, não sabemos quantos homens ou mulheres mais interessantes surgirão daí em diante – portanto, após a escolha "definitiva". Esse contrato abrandaria nosso desejo de rever o compromisso cada vez que encontrarmos um candidato melhor (mais bonito, mais inteligente), e também o ciúme, a cada vez que o parceiro tivesse contato com esses potenciais candidatos. A missão do casamento seria, então, a de "construir o melhor relacionamento possível com quem você prometeu amar para sempre".

Concordo totalmente que mais tolerância e generosidade fazem falta a muitos dos casamentos atuais e, também, que há boa dose de leviandade nas relações, que se tornam produtos quase descartáveis. Por outro lado, exatamente porque há a incerteza do futuro, não é possível atribuir ao casamento o peso de ser uma decisão definitiva. E a maravilhosa incerteza de uma eventual nova paixão? Diz Kanitz em sua argumentação: "Não conheço pais que pensam em trocar os filhos pelos filhos mais comportados do vizinho". É verdade, eu também não conheço, mas o exemplo não é adequado. Filhos têm o dom de se manterem eternamente nossas paixões. São nossa tribo, nosso sangue, nossa continuidade, e em geral a comparação é: o.k., o filho do vizinho é mais comportado, mas o meu é mais inteligente, ou algo assim. Pode ser pura miopia edipiana, mas funciona dessa forma. Com o parceiro é diferente. Trata-se de uma escolha de um membro de outra tribo, com defeitos que eu posso não ter visto na época da paixão, mas que depois se tornaram claros e, com o passar do tempo, a tendência é enxergar sob lentes de aumento. Faça chuva ou faça sol, eu serei sempre a mãe dos meus filhos, não dos filhos do vizinho. Quanto ao contrato de casamento, há vendavais que podem derrubá-lo.

Por que nos obrigam a pensar que um casamento desfeito "não deu certo"? Os livros sobre o assunto, em sua esmagadora maioria, encampam a tese de que há um modelo de casamento perfeito, e há medidas práticas que o asseguram, como uma receita de bolo. São truquezinhos do dia-a-dia de como ter paciência com o cônjuge, ou conselhos sobre como enriquecer juntos etc.

Ora, o fato de um casamento ter-se encerrado não significa que tenha dado errado. Ele pode ter "dado certo" por um tempo específico, e pode ter cumprido uma função importante na vida de uma pessoa. Primeiro o casamento era um arranjo, um negócio, uma sina. Depois, quando o livre-arbítrio nos permitiu escolher, a regra do "até que a morte nos separe" e do amor eterno caiu como um fardo sobre nossos ombros. Se a vida não acontece dessa forma, somos incompetentes, e advém a frustração.

Confesso que me senti a última das criaturas, um fracasso completo por não ter conseguido administrar meu primeiro casamento de forma que durasse "até a morte". Como assumo sempre duzentos por cento da culpa por tudo o que acontece – sinal de onipotência? –, de nada adiantava meus amigos e meu psicoterapeuta me mostrarem o outro lado da questão: mantive o casamento até a morte, mas a morte do próprio casamento. É difícil resistir à tentação, às vezes inconsciente, de mostrar ao mundo (e a nós mesmos) um mar de rosas, mesmo quando já há corrosões na estrutura, porque admitir que nem tudo são flores significa questionar uma decisão importante do passado. E quem agüenta uma dissonância cognitiva desse porte, se a exigência do mundo é levar um casamento feliz até o fim? No meu caso, mesmo já com quase quarenta anos, vivi meu sofrimento, mas refiz a vida, tenho nova família e até filho novo. Mas ficou a lição de que devemos ser menos exigentes e mais generosos com o mundo e, principalmente, cada um consigo próprio. Afinal, a morte que separa pode não ser o fim de uma vida, mas sua continuidade. A verdadeira morte pode ser o tédio, a indiferença, a não-cumplicidade.

Por uma sociedade bonobiana!

"Os meninos não são inferiores, são apenas diferentes." Quem diria que, há apenas algumas décadas, alguém teria de dar esse tipo de explicação? Ao contrário, eram comuns e aceitas as conclusões e gracejos acerca da inferioridade feminina. Pois bem, a frase acima está no livro *Criando Meninos*, best-seller do especialista em educação infantil australiano Steve Biddulph, cujas propostas incluem retardar em um ano o início da vida escolar dos meninos (em relação às meninas), por estarem menos maduros que elas na idade que padronizamos para começar a educação formal e obrigatória. Essa constatação sobre as diferenças entre os gêneros na infância pode apenas significar que as habilidades mais tipicamente femininas (como a expressão verbal e a performance em trabalhos manuais) são mais acionadas nessa fase escolar que as masculinas (como o raciocínio lógico e o espacial, por exemplo). Por outro lado, o atual equilíbrio maior na guerra dos sexos pode ser bastante salutar para o ego das meninas em fase de crescimento.

Aliás, alguns homens, os cientistas responsáveis por recentes descobertas neurológicas, têm sido aliados fundamentais das mulheres nessa "guerra". Ao contrário da pecha milenar, mulheres não têm apenas dois neurônios, o Tico e o Teco, e, além disso, seus milhões de Ticos e Tecos interagem de forma mais complexa e sofisticada que o conjunto neuronal masculino. As investigações indicam ainda que o tal cromossomo X, o feminino, é a matriz original, a partir do qual, por meio de mutação genética ocorrida há milhões de anos, surgiu o Y. Ou seja, Adão nasceu da costela de Eva ("Mulher é um bicho complicado", revista *Veja*). Para contemporizar, fiquemos assim: cada gênero tem suas habilidades, e o melhor a fazer é usá-las juntas, da melhor forma possível e livres de condicionamentos culturais.

Não há como negar que o nível de sofisticação cultural e tecnológica a que chegamos deve ser creditado em maior grau ao arrojo masculino, ao seu fascínio pela dominação da natureza, ao seu interesse pela instância pública. Enquanto eles iam à luta, alguém tinha de se incumbir da prosaica tarefa de tomar conta do galinheiro e dos pintinhos. Eles se especializaram nas relações de poder mais amplas e burocratizadas dos grandes grupos. Elas, nos relacionamentos intergrupais familiares. Agora, as paredes rígidas estão sendo demolidas, e as mulheres também arregaçam as mangas para a experiência fora de casa.

Em geral não gosto do uso de exemplos do mundo animal como paradigmas para o comportamento humano, já que a variedade de espécies é enorme e há modelos para todos os gostos, mas permito-me brincar com a interessante descrição de interações sociais entre os grupos símios geneticamente mais próximos dos homens, feita por Drauzio Varella em seu livro *Macacos* (Publifolha, 2000). São três espécies com domínio patriarcal — orangotangos, gorilas e chimpanzés — e uma matriarcal, a dos bonobos. Com chimpanzés e bonobos os humanos compartilham 98% de identidade genética. Nessas duas comunidades de macacos, tanto quanto entre os homens, não são os animais fisicamente mais fortes os detentores do poder político: em ambas o que define a hierarquia é uma complexa teia de alianças políticas, com a predominância dos machos entre os chimpanzés e das fêmeas no caso dos bonobos. O jogo político entre os chimpanzés parece-nos bem familiar: em processos de sucessão (em razão da morte do líder), dois ou três machos, candidatos à liderança, buscam apoio por meio de gestos como o de subir em árvores e atirar frutas às potenciais bases. Uma vez definido o novo chefe, este se esquecerá para sempre de tais atos de generosidade, exceto com os de seu "partido político", com os quais partilhará alimentos ou as melhores fêmeas. Entre os chimpanzés, assim como nas demais sociedades patriarcais, ocorre a violência masculina contra as fêmeas e suas crias. Nos quatro grupos símios descritos por Varella, as fêmeas praticamente vivem para os filhotes: cuidam da proteção e alimentação de cada um por cerca de sete anos e conseguem ter três ou quatro filhotes durante sua vida fértil. No caso dos bonobos, a única sociedade matriarcal, trata-se do verdadeiro paraíso dos filhotes – e, em decorrência, do das mães. Nesse caso, no qual as coalizões de fêmeas comandam os machos desunidos, a violência é rara, não há infanticídio, e os filhotes têm prioridade na distribuição de comida. Os bonobos são os primatas mais gregários, e as fêmeas são as mais sexualmente atraentes para os machos, permanecendo aptas para as relações durante metade de sua vida reprodutiva (entre os chimpanzés essa disponibilidade ocorre em cinco por cento da vida reprodutiva). Em conseqüência, esse é o grupo com vida sexual mais intensa e variada, no qual o sexo é praticado também sem a finalidade de reprodução. Em resumo: sob o matriarcado, a proteção aos filhotes é sagrada, a violência em geral é reduzida, e o sexo é mais variado e praticado com maior freqüência. Não parece uma boa plataforma?

Voltando ao nosso tão atribulado universo humano: é inegável que, com a derrubada de convenções sociais milenares, a sociedade ocidental está mais impregnada de concepções "bonobianas" de convivência, e a participação feminina em seus novos papéis pode compor um modo próprio de inserção social, como defende Contardo Calligaris: "É extraordinário que, desde os anos 50, as mulheres consigam produzir como os homens sem abandonar a arte da sedução e (...) sem deixar de ser mães: elas continuam sendo guardiãs do lar, representantes da paixão e símbolos da sensualidade dos corpos. (...) A história da sedução não é só uma história de violências sofridas e de sujeição às fantasias dos homens. É também a história de como, nas margens das fábricas e dos escritórios, as mulheres conseguiram resguardar um tempo e um lugar para as paixões ou para as vontades marotas. (...) certo, parece um despropósito: a arte da sedução como meio para mudar o mundo?" ("Admiráveis Mulheres", *Folha de S.Paulo*, 25/03/2004).

Se essa for a nova realidade, mulheres do mundo, uni-vos! E homens do mundo, apoiai-as (as promessas são atrativas, e quem sabe desta vez não sejam mera demagogia...).

Ah! O amor...

Alguém saberia me dizer, afinal, que raios é o amor romântico? Parece um conceito tão difícil de definir — e de sentir — quanto o de felicidade.

Se a paixão é uma "certeza", é muito mais complicado entender a sensação amorosa mais morna e cotidiana da vida a dois, porque sob esse guarda-chuva cabem incontáveis emoções e sentimentos diferentes, momentos de ternura e raiva extremos. No dia-a-dia, o que significa a resposta à pergunta *Você me ama?* Quando dizemos *sim*, essa afirmação resume uma média, ou um saldo positivo naquele momento, mas não mostra a sucessão de altos e baixos que pode estar contida num relacionamento íntimo. Ouço conclusões do tipo: *No fundo, fulano não amava sicrana, porque a fez sofrer*; ou então: *Fulana ama sicrano, apesar de fazê-lo sofrer etc.* Ou seja, há formas doces ou perversas incluídas no que pode ser encaixado sob esse guarda-chuva do amor.

O fato é que, ao substituir a fórmula antiga (ainda vigente em algumas culturas), ou seja, a separação entre paixão e casamento e definição dos pares por meio de acordos entre famílias, e passar a casar "por amor", especialmente nos últimos dois séculos, criamos uma montanha-russa de prazeres e sofrimentos. O novo modelo tem a vantagem de privilegiar o livre-arbítrio, a liberdade de escolha, mas também apresenta problemas inerentes à convivência entre as diferenças individuais — diferentes culturas, diferentes formações, diferentes opiniões, diferentes neuroses... Nesse formato, que não pressupõe tanto conformismo com o que o destino reserva, há uma cesta de ingredientes que compõem a receita da boa convivência: são importantes a tolerância e a generosidade, como em qualquer parceria. É desejável a amizade, entendida como o prazer de partilhar assuntos, dos menos aos mais relevantes, mas não se pode ser amigo sem a confiança. Se houver admiração recíproca, melhor ainda. O chantilly desse doce é o que o diferencia de outras relações: a atração sexual, mesmo que o passar dos anos apague o ardor inicial. Parece simples, mas essa lista básica representa um pacote nada comum, e em geral temos de tentar conviver com uma combinação menos rica.

Ouço dizer que esta fórmula romântica não terá vida longa, por ser uma ponte para um novo padrão que já começa a despontar, marcado pelo individualismo e pela maior aceitação da diversidade no comportamento. Nos grandes centros urbanos, a vida solitária já não é incomum, embora os custos desta opção (quando é opção) ainda sejam diferentes entre os sexos: o homem é visto como alguém que sabe aproveitar a vida; a mulher, como um ser incompetente na atração de um marido. O "fim da história" seria, enfim, a compreensão de que cada um deve se bastar, e que, embora possa e deva usufruir da companhia do outro (ou outros), essa não seria condição imprescindível para a felicidade. O indivíduo deixaria, assim, de depender da ligação simbiótica para preencher suas carências mais profundas, e procuraria relações com maior equilíbrio, numa espécie de amizade mais qualificada, imune a passionalidades. Sei que este modelo é para os meus netos, não para mim, e acho bom que assim seja: eu fui moldada na fôrma da paixão/amor, e não saberia me virar bem neste novo padrão. Sobre as variações pós-modernas de casamento que já são freqüentes, como a que admite casas separadas, acho válidas, por permitirem a escolha pelo modelo mais adequado nas diferentes fases da vida, no gradiente de perde-e-ganha: relações mais intensas e freqüentes costumam produzir mais prazer e mais problemas; arranjos menos íntimos e menos simbióticos podem ser menos tumultuados, ainda que, em contrapartida, menos viscerais.

Apesar de todos os contratempos desta nossa conturbada fase de transição, pesquisas em diferentes culturas indicam correlação entre casamento e nível declarado de felicidade, mas nada se sabe sobre causa e efeito: seria o casamento que gera maior grau de felicidade? Ou seriam os que se declaram mais felizes os mais predispostos ao casamento?

Antes de encerrar, quero deixar duas coisas claras, porque, entre tantos questionamentos, certamente expus muitas dúvidas e quase nenhuma resposta. Primeiro, a despeito das brincadeiras – algumas sérias –, gosto muito do gênero masculino. Aliás, acho essa uma declaração desnecessária e sem sentido, porque não haveria o feminino sem sua contrapartida e complemento, como não haveria *yin* sem *yang*. Guardo com carinho as lembranças do convívio com meus muitos irmãos quando criança — o futebol, o carrinho de rolimã, e a retribuição deles, com evidente desinteresse, no papel de pais de minhas bonecas. Continuo achando o máximo nossos cotovelos à volta da mesa e os bate-bolas, agora só verbais. Gosto de conviver com os vários homens que fazem parte do meu dia-a-dia, a começar do Lima, o meu parceiro, e os do meu universo profissional. Mas minha prova definitiva são os meus filhos, ambos maravilhosos, as maiores e eternas paixões de minha vida.

Segundo, gosto do casamento, de família, marido, filhos, periquito e papagaio. Gosto da macarronada aos domingos, do avental todo sujo de ovo, da meninada se matando no quintal. Não considero esse conjunto uma instituição falida, mas uma instituição sendo repensada, embora, em sua estrutura, possa mudar radicalmente no futuro. Aliás, não é por acaso que já acumulo meus 25 anos de experiência conjugal, e pretendo acumular muitos mais. Não custa nada, porém, admitir que casamento não é uma fórmula da felicidade eterna, mas um arranjo cheio de bons e maus momentos. No entanto — a exemplo da democracia na instância política — ninguém ainda inventou algo melhor.

Este livro foi impresso em abril de 2006
pela Prol Gráfica, sobre papel offset 120 grs